這是一部
揉合真實情境與虛擬想像的創作。

三星八德監獄物語

我們曾經這樣活著

藤原進三

輯一　在這裡，道別時不說「再見」

這是一個，
所有的路，都在牆後面，的地方。
這是一個，
永遠是酷夏，也永遠是寒冬，的地方。
這是一個，
人何寥落鬼何多，的地方。

時間：2014.2.～2016.6.

場景：宜蘭三星監獄

輯二　高牆內，趨近真實的虛幻

接受命運，不代表時間久了，
做為囚犯也能自在起來。
接受命運，不等於總有一天，
做為囚犯會變成和牆壁融為一體。
接受命運，不表示從此之後，
做為囚犯最像動物的表情，就是令人絕望的笑。

時間：2014.2.～2016.6.
場景：宜蘭三星監獄

輯三　唯有再見，才是人生！

從努力活著，
以發現愛的生命意義。
從預習死亡，
以探索自由的存在與界限。
從認識自己，
以證實個人的微弱並學習與命運安然共處。

時間：2016.6.～2019.2.
場景：桃園八德監獄

自序

我們曾經這樣活著

關於寫作，烏拉圭文學大師愛德華多・加萊亞諾（Eduardo Galeano）在他的日記體自述《愛與戰爭的日日夜夜》一書中是這麼說的：

「這（寫作）將是我在歷經死亡之後與他人相處的方式，由此所有我愛過的人和事將不會隨我死去。」

這位曾經入獄，曾經流亡，曾經目睹無數英才良知被捕、被殺、被失蹤的偉大心靈，進一步指稱：

「也許寫作只是在無恥的時代嘗試挽救未來的證言，那聲音將證明我們曾經存在於此，我們曾經這樣活著。」

在極為艱困的環境中從事著書寫的我，看到加萊亞諾如此準確而悲傷地為寫作做出詮釋，心有所感，泫然欲泣。

回想起來，在初始執筆之際，關於寫作，我並沒有抱著什麼「偉大」的企圖心，只是想要對孩子說故事，用故事來陪孩子，順便自作聰明的在故事中夾帶一些（結果變得很多）做為父親自以為是的道理。本來以為就是這樣而已，沒料到似乎不只如此；就像人世間大多數的事情，都是事後才明白究竟是怎麼回事一樣。

直到最近，看到一本尼采不太被人提及、注意的作品《人性的，太人性的》書中的一段話，才讓我恍然大悟：原來，這就是自己書寫時最貼近內心真實的想法。尼采是這麼說的：

「不是為了教導什麼而寫書，更不是為了向讀者誇耀自己有多棒而寫書。寫書是經由某件事，成功克服自己的證明。也是超越過往的自己，蛻變重生的證明。

絕非自我滿足，只是舉出一個克服自我的例子，在激勵別人的同時，也希望讓讀者能謙虛看待自己的人生。」

是的！藉由書寫鼓舞孩子，願他對人生能擁抱寬容，是附加的。因為教導不是目的。做為書寫者自我的克服、超越與就此重生，才是寫作所渴望實現的。

……………

書寫，從簡單質樸的說故事出發，到細工刻劃成為小說創作，不管經過多麼曲折坎坷、離奇精采的歷程，回歸到原點，一切都是故事。人的一生，其實就是不斷地製造故事。人們扮演故事的角色，藉此調整自己的人生，讓故事幫助我們成為自己想成為的人。活的故事，有著它自己的意識，能夠回應訴說者的情感，於是，也就成為了人的希望、存在的喜悅、安慰的救贖。說故事，是人類演化的重要步驟；能夠說故事，我們才開始得以自由。

延伸到書寫，經由禁錮環境中的寫作經驗，我才逐漸認識到，小說創作毋寧是一種屬於我的禱告方式，一種宗教儀式，一種肯定自己存在的方式，更是一種追尋人生意義的必要手段。寫作於我，甚且就是一場回家的長途旅行。

太宰治在他的告白式隨筆集《思考的蘆葦》裡提到：「唯有對生命充滿感謝的小說，才擁有不滅的靈魂。」在同一書中，更尖銳的指出：「沒有悔恨的文字，只不過是狗屁。悔恨、告白、反省，近代文學——不，近代精神想必就是從那之中誕生的。」感恩與悔恨，在創作中並存且相容，看似矛盾，做為書寫者，我確切明白，不這樣子，寫作也就不成為寫作了。

所以，從某種角度來說，寫作，毋寧是我在獄中找尋生命解答的方式，而近乎宿命般理所當然的，始終找不到答案。如果要很勉強的說有，那仍是很不確定的答案。不像答案，比較接近一個方向、一種態度。

⋯⋯⋯⋯

《少年凡一》的寫作期間，我在書寫的過程中叩問自己：那些我曾經做過的錯誤，誰能原諒我？那些我不曾犯下的罪行，誰能平反我？我不知道，我找不到答案。

到了書寫《凡一．一凡》的時候，同樣的質問，沒有減緩，持續加深。不過，我好像隱約知道了，大概、應該、或許，只有神。說不定，只有神才能原諒我、平反我吧。然而，神在哪裡？神是什麼？神到底存不存在？這樣的答案，算什麼答案？

這麼朦朧，這麼不確定。但是，至少我有了方向，有了態度：我想要認識神，或者，讓神可以來認識我。

一個迷惑的人要怎麼做，做到什麼地步，神才會願意讓我認識呢？我還是不知道。懷抱著依然沒有答案的問題，我只能繼續的書寫。在書寫中，去追尋、去反省、去發現，去努力找找看，答案是什麼，神是什麼。

有問題，沒答案，說不定正是我這樣一個人，得以且不得不寫作的動力來源。我的問題多得很。台灣對我的意義究竟是什麼？這世間的實相到底是什麼？愛與悲憫是不是有極致盡頭？而，人的卑劣無情可以殘酷冷血到什麼程度？……這些事情，都是我很想弄清楚，但還沒答案的。所以，我應該會有動力，一直書寫下去吧。

在這部《我們曾經這樣活著：三星八德監獄物語》中，經由一個又一個人物的故事，是藉著訴說他們的遭遇而提出問題，再透過自己的觀察給出我的答案嗎？沒有，我一點也沒這麼想。我同樣只是想說故事而已。

敘事，就是給出自己。而一切尋找的、祈求的，歸返的問題和方向，我已將自己融入這故事的書寫中了。因為，經由書寫至少得以證明：我們曾經存在於此，我們曾經這樣活著。

輯一

在這裡，道別時不說「再見」

這是一個，

所有的路，都在牆後面，的地方。

這是一個，

永遠是酷夏，也永遠是寒冬，的地方。

這是一個，

人何寥落鬼何多，的地方。

時間：2014.2. ～ 2016.6.

場景：宜蘭三星監獄

窗開何處

——小花的故事

我從沒聽過木訥寡言的小花能一口氣說上這麼一大段話。聽他說出這一番話來，無語的反而是我，一句話也說不出來了。看著神色之間似乎已不再那麼性情剛烈的小花，只能勉強擠出兩個字：「保重。」

「當命運之中的一道門關閉的時候，神總是會為你開啟另一扇窗。」我一直以為這是一句陳腔濫調，相信這話的人，若不是停留在天真的無知，就是根本不曾見識過絕望深淵的景象。

小花，比較像是寵物的名字，可是這個小花是人，不是可愛動物。小花，比較像是女生的名字，可是這個小花是男人，不是可愛女生。不但是男人，而且是一個瘦弱矮小、頭髮灰白、神情淒苦的初老男人。只因為姓名之中有個花字，於是就被喚做小花了。

外觀身形弱小像個無助老頭的小花，其實是個性情剛烈的人。他曾服務於消防隊，因涉入集體受賄案件遭到偵查起訴審判。失去工作，失去收入，失去了在社會中做為一分子的位置。即便他再怎麼申辯自己的清白無辜，即便他再如何相信冤枉總有洗清的機會，在一遍又一遍官司更審的過程中，幾年耗損下來，他的身心早已破碎不堪。終究，正義沒有來臨。判決定讞的那一天，性情剛烈的小花備齊了各種材料用品，找了一家Motel，燒炭自盡。他下定決心要以這種最沉默的激烈方式，來表達對蒙冤受恥最強烈的抗議呼喊。萬萬沒想到，自認失意倒楣透頂的小花，竟然衰到連自殺行動都失敗，被救了回來，還上了新聞，然後就進了監獄。

聽到了小花這一段性情剛烈的過往事蹟，我的反應是：「你實在真漏氣，虧你是消防隊耶，連燒炭的專業都不及格。」在我故作輕鬆嘲弄下的小花，只能苦笑嘆氣。其實，心裡還是憤恨難平的。

悲劇是弱者的宿命？

瘦弱矮小的小花被編派在搬運隊，那是全監最高強度的體力工作。所有受刑人工場生產所需的原材料，所有製作完成的產品，三千多人每天的貨物進出在十六個工場區域之間，全靠這搬運隊的九個人，每人拉著一台平板拖車，以人力穿梭運送供輸。除了裝卸運輸工場貨物，整個監獄內各單位、舍房受刑人每天消耗的所有日常生活用品，各種百貨、食物、飲料的進貨配送，也是他們負責搬運。

我曾經問一位搬運隊的同學：「什麼最重？」

「水，礦泉水。」他說。

「有多重？」

「九百公斤。」完全沒有一秒鐘的遲疑就給了我答案。

我有點訝異，將近一公噸耶，一個人就能拉著到處跑？真的假的？

「幾箱？」

「五十箱，一層十箱，一台板車疊五層。」

一箱礦泉水十二瓶，一瓶一千五百CC，算一算，一箱十八公斤，五十箱真的剛好九百公斤。他們早就算得一清二楚了。

除了小花，搬運隊的成員都是身強體壯、渾身肌肉的猛男，而且大多是毒品犯。有吸食成癮的，有販賣兜售的，有走私運輸的，還有乾脆自行研發製造的。每個人都是紋身刺青間或入了幾顆珠，乍看之下，都是豺狼虎豹、妖魔鬼怪般的人物。做為這種組成分子的搬運隊其中一員，小花的處境之格格不入，可想而知。

更慘的是，他們還有一位極端偏執到近乎病態的主管。在監獄中，每個單位都有一位正職主管，說他手握犯人生殺大權，是一點也不為過的。犯人的工作分配、勞務負擔，每個月的教化優劣成績考核都是他負責的。不高興的話，隨時可以將人送到違規房隔離或是改配其他單位。所有生活在這裡的大大小小事情，都在這位主管的監控支配之下進行，包括要購買什麼用品食物須經他核准，要寄出和收到的信件須經他檢閱，甚至要使用剪刀也得找他借才行。

小花的搬運隊主管（現已退休）對於犯人的敵視和惡意，以病態的偏執來形容一點也不誇張。比如他會在犯人洗澡的時候，偷蹲在浴室門外竊聽裡面在說些什麼；又比如說，有人在快過年時寄回家的信件中夾著 Merry Christmas 或 Happy New Year 的字句，他就禁止信件寄出，說這些英文可能代表某種暗號密語……這種主管，和以毒犯為主體的搬運隊成員之間，在管理上就形成一種非常緊張的對立關係。主管天天想找犯人把柄，將人送隔離辦違規；犯人除了消極反抗之外，也處心積慮要設法申訴控告主管的不當管教行為。夾在這種對抗狀態之中的小花，所面臨的生存處境就更加艱難了。

看出本來就和眾人處得不是很好的小花是有利用價值的，主管要小花做「抓耙仔」，就讓他擔任文書的職務。一般正常狀況下的抓耙仔，是要隱匿身分的臥底，小花則是正式公開的行動監視器，而且是二十四小時全年無休就睡在眾人身旁的那種型號。如此一來，搬運隊全體毒犯同學對主管的怨懟，全數轉嫁到了小花身上。從不爽變成賭爛，從矛盾變成衝突。偏偏小花又是性情剛烈的人，卯起勁來，隻身對抗眾人。這日子原就愁苦，如今是倍加淒慘了。大家抵制你一個人，看你生活要怎麼過。

別的不說，吃飯拒絕和你同桌，打飯菜沒你的份，三餐的三菜一湯加上白飯看你一個人有幾隻手可以自己盛自己的。不爽、賭爛、矛盾、衝突，宿怨越深，日積月累，終於演變到有一天在浴室裡拳腳相向、肢體互毆。出乎意料的是，老邁瘦弱的小花奮勇抵抗，拚命還擊，竟和高頭大馬的帶頭老大打了個平分秋色，沒輸沒贏。可見，先天居於劣勢的弱者一旦性情剛烈起來，刺龍刺鳳加入三顆珠的流氓也不見得制服得了。不過這樣的局面，終究是弱者悲劇中又一齣的悲劇罷了。

生命曙光乍現

大家通常以為悲劇讓人變得有智慧，讓人自動提升到更高精神境界，但現實上往往正好相反，悲劇不會給人偉大的智識和洞見，卻可能讓人的心眼變得更小，心胸變得更窄，心地變得更惡毒。性情剛烈的悲劇小花二者都不是，既不因此而崇高，也不因此而墮落，他只是更加的悲苦，更加愁雲慘霧、吃力地拉著拖板車，踽踽慘行。

搬運隊的毒犯們都對我很好，會聽我的話。在去除掉對於毒犯的有色眼光和標識註記後，他們不過就是一般人，一樣的有血有肉、有情有義，當然也有好有壞，有老實有詭詐。我能夠做的就是勸服這些同學維持和平共存，停止彼此傷害；即使不可能相親相愛，至少不可以動手動腳。除此之外，那些人生哲學的大道理，我本來就很不喜歡講，只有一次對小花提了幾點感想和建議，講完也就忘了。搬運隊的緊張空氣較為舒緩得以喘息就好，小花就繼續過著他的愁苦日子。

命運的轉變總是來得十分突然。因為外役監條例修正通過，原本要等二年以上才有資格申請去外役監的小花，已經服刑滿一年就具備申請資格了。可以離開搬運隊，讓他的生命像露出曙光的黑夜，完全沒有想到脫離苦海的機會竟然這麼早來臨。平常很少有人來會面探視的他告訴我，只要可以去外役監，就算一般人比較不願去的台東武陵，他都願意接受。這時我才知道，他的女兒多年前就到美國念書不在身邊了。問他女兒主修什麼科系，他說只曉得大學讀統計，現在聽說是博士班，研究什麼他也不清楚。

申請之後不到兩個月，通知下來了，結果比他預期的更好，獲准的去處是花蓮自強外役監。小花非常高興，滿臉的興奮雀躍，整個愁眉苦臉的面容都化開了。令他歡欣鼓舞的喜事不只這一樁，他說，女兒的博士審查通過了，不但即將取得學位，也已經獲得紐約一家大型醫療機構的聘任職務。不僅如此，女兒的台籍男友也完成博士課程，兩人打算一畢業就結婚。所以，他太太下個月就要飛到美國去參加女兒的畢業典禮和婚禮。

小花說，他有聽我的話去問女兒的學校和科系，是賓州大學的統計學博士。我除了恭喜之外，順便問道：「賓州大學是頂尖的長春藤名校，能拿到那裡的博士真的不容易。統計學博士又得到醫院的任用職缺，你女兒專攻的應該是現在最熱門的生物統計學吧？」小花臉上又浮現那抹熟悉的苦笑，說：「我也不知道耶。」

良善無辜者，有人愛著

臨行移往外役監的前一夜，小花來向我辭別，除了感謝我排解困難和提供照顧之外，他說了這麼一段令我意想不到的話：「進兄，我的生命中對我影響最大的是你曾經對我說：『遭遇官司坐牢，雖然不幸，但是，也可能換一個角度是一種幸運。因為這件事情，你的人生，特別是你的家庭，說不定因此而向著更好的方向發展，得到更圓滿的結果。』你說的這些話，將我徹底的打醒。這麼多年來，我只是活在自己的不幸之中，自己在生氣、憤恨、悲哀、痛苦，卻反而忽略了我的家庭、我的家人，根本沒有去顧慮到他們的感受，更沒有注意到他們的努力和付出。聽你的話後仔細想想才發現，我的女兒本來功課普普通通，大學讀淡江，是我出事了之後，才開始奮發圖強，先考進台大的碩士班，然後再到中研院做研究助理，連到美國讀博士，也是獲得了獎學金才去的，完全靠自己。原來，女兒這麼打拚，不只是不用我費心幫忙，不要我擔心憂慮，更是以她的表現，來安慰我、鼓勵我、支持我。如果不是這場牢獄之災，我可能永遠無法擁有讓我這麼驕傲的女兒。如果不是你對我說的這些話，我可能到現在都還沒發覺原來我是這麼的幸福。」

我從沒聽過性情剛烈兼之木訥寡言的小花能一口氣說上這麼一大段話。聽了他說出這一番話來，無語的反而是我，一句話也說不出來了。看著神色之間似乎已不再那麼性情剛烈的小花，只能勉強擠出兩個字：「保重。」在這裡，人們道別時是不說「再見」的。

神真的會在命運關門的時候另外為你開窗嗎？我應該有點相信了吧，至少，在對小花做那講後即忘的人生提示時，我是相信的。雖然我不認為神會那麼虛偽矯情的一視同仁、有求必應，濫開生命的方便門窗，但是祂應該總會將命運的機會賜與那良善之人，賜與那性情剛烈的無辜之人吧。因為他們的良善和無辜嗎？不，因為這良善無辜的人，有人在愛著。

矚目案件

——阿發的故事

是什麼原因令阿發做成這樣的決定，我沒有多問。我相信，以他的天分，室內裝修技術一定難不倒他。我更相信的是，在這裡被視為怪機種的阿發，回家之後，應該很快就恢復「正常」了。

「神要毀滅一個人之前，必先令其瘋狂。」這句話不知道出自哪部經典或哪位智者，反正在講述到某些大惡不赦之輩，如希特勒、毛澤東的狂徒行徑時，經常被拿來引用，好像頗有深刻哲思的樣子。但，現實世界中，悲慘的途徑僅此一端而已嗎？

在監獄裡，「怪機種」是一個極端負面的專門用語，比之怪咖、怪物、怪人更勝一籌的否定意涵。被稱為「怪機種」的人，必須具有行為怪異、性格扭曲，難以和他人相處，思路異於常人等特徵。總而言之，就是已經一腳踩到「不正常」那條界限之外的人，才會被大家冠上一個「怪機種」之名。

「怪機種」行徑自有其道理

阿發——眾人都告訴我，他是怪機種。也難怪，每天中午吃飯時就只見他一個人以一種很奇特的衣裝扮相，獨自待在廁所裡晃來晃去。這間容納八十位受刑人舍房的廁所，同時也是浴室、水房、洗衣間兼吸菸室。沒有門，沒有任何隔間，六公尺乘三公尺的面積，一排是五個蹲式便坑加上三人並立的小便池，另一排則是十個水龍頭的洗手台。在這樣的空間中，不分寒暑冷熱晴雨冬夏，午餐時間就有一個人把四角內褲緊緊拉小成一條丁字褲形式（和日本相撲選手神似），上身的短袖汗衫也套縮為一件無袖小可愛版背心緊貼在身上（真不知是用什麼手法辦到的），以這樣怪異的穿著方式，在廁所裡無所事事的，那就是阿發。

恰巧，我的床位就在廁所門口。更恰巧地，我也是中午不吃飯的人，為了降低能量攝取，我的午餐僅限水果。每天中午，我在床邊上享用香蕉、蘋果、芭樂的同時，就得和在廁所裡晃來晃去的阿發大眼瞪小眼。很自然的，在請阿發一起吃水果的過程中，彼此之間多少會聊上幾句話，才知道他躲在廁所是為了遠離食物誘惑，為了減肥。原本超過一百公斤的體重，現在只剩下七十。也才明白他為了幫人家洗碗賺取生活資糧，所以將身上衣褲儘量捲到最小狀態，以免打濕了又要清洗（內衣褲經常洗滌會降低使用期限）。原來，阿發看似奇怪的行徑，都有他的道理。

阿發隸屬於營繕隊，這個單位編制九個人，分成三種專業：泥作土水工、木工以及鐵工各三人。阿發是鐵工，入獄之前，他是技術頂尖一流的車床銑床技工，那種全國競技大賽車床組冠軍等級的厲害師傅。年紀不大，才三十出頭，卻是經驗豐富，技藝超群。從小在工廠車間摸索鑽研的他，不到二十歲就已經出師獨當一面了。這樣擁有一身工夫本領的老實人為何坐牢？阿發犯的法是違反槍械彈藥刀械管制條例：製造槍械。請注意，是「製造」而不是一般常見的「改造」槍械喔。

一支槍與十發子彈的代價

阿發的案件，聽說當時新聞鬧得滿大的，報紙給他下了一個聳動的標題：「經濟不景氣，車床冠軍技工淪落開設地下兵工廠！」以他的案例，做為台灣製造業衰退的象徵，進行了大篇幅的報導。於是，阿發的官司進入到司法審判程序之後，就被法院貼上一個「矚目案件」的標籤，一直到判決定讞，被判了七年半。

當兵的時候在陸軍步兵兵器連擔任排長，曾一度自詡為輕兵器專家的我，對阿發這種「專業人士」的「專業知識技能」頗感興趣。帶著幾分好奇，我提出了幾個「專業問題」考考他，看他的「專業程度」水準如何。

我：「原料材質怎麼承受擊發後，高壓、高熱產生的熱脹冷縮？」

阿發：「選用的不是一般鋼鐵，是含有適當比例錳和碳成分的合金，而且，再加上『熱處理』的程序，完全沒問題。」

我：「精密度多高？膛線的刻度、槍機、撞針的長度和來回掣動的距離有多少誤差？」

阿發：「我的車床技術，這些誤差都被控制在不超過〇．〇一釐米的毫米範圍之內。反正，只要給我一支樣本，我就可以打造出無限支功能、性能、精密度，包括外表形式，完全一模一樣的東西出來。」

我：「彈比槍困難吧。就算槍造得出，沒彈有什麼用。子彈你也自製嗎？不會危險嗎？」

阿發：「子彈我也會做，彈頭、彈殼都沒什麼，裡面的火藥原料從爆竹工廠拿來，成分要不斷試驗測量調整才行。」說著，舉起了他的右手，有兩隻手指各缺了一節，就是在「研發」子彈火藥配方時不慎爆炸造成的。

他不失自豪地告訴我，自製的槍彈在十五公尺的距離，可以打穿兩片各〇．五公分厚的鋼板，威力強大。

問他造了什麼款式的槍？是「貝瑞塔」，美國軍警的制式手槍，使用的是九〇口徑子彈。

總共製造了幾支？從頭到尾就只做了一支槍，十發子彈。

不是「地下兵工廠」嗎？這樣的產量，和新聞報導形成的印象也差太遠了吧。

扭曲的是輿論、社會還是司法體制？

原來，阿發造槍的目的不為販賣賺錢、做為一門生財之道的行當，也不為自衛、尋仇，做為攻擊恐嚇別人的工具。他造槍，只為了證明自己的技術！在「我應該也做得出來」的念頭驅使下，就栽進去埋首於其中，根本沒有想到後果會如何，必須擔負什麼法律責任。

所以阿發造槍，沒有訂貨人，沒有銷售交易，更與黑道組織犯罪集團毫無瓜葛。同時，也和經濟衰退、技術工人走投無路之類的為生活所迫，一點也扯不上邊，更不是什麼兵工廠規模的武器製造供應商。

但媒體誇張渲染的報導，卻害慘了阿發。媒體報導，代表輿論重視、社會矚目。因此，法院從一審受理之後，就將之認定為「矚目案件」。這是一個制度化的專有名詞，這一所謂重大類型的司法案件，甚至在案卷編號中都會加上個「矚」字。這個字，會從地院一審一路如影隨形地跟著案件，到二審，到最高院，到歷經不管更審多少遍，它都存在，不會消失。

阿發的官司在被視為「矚目案件」的審理下，被判得很重：七年半。雖然，只有造了一把；雖然，沒有任何獲利販售；雖然，沒有任何的被害人傷亡（除了阿發自己的手指頭）；雖然，這犯罪行為的動機只是一個車床師傅想要測試自己技術的極限……

這只是當前司法體制荒謬性其中的一環而已。既有所謂「矚目案件」，司法何來平等可言？一切案件不是應該一律平等視之嗎？同樣性質的官司，被認定為「矚目」與否，事實上就構成了二者之間的不平等。法官的心態、心理，要說不受到這個「矚」字影響，是自欺欺人的謊話。不管因為多了這個字，會被判得更重或更輕（通常是重判以符合「社會觀感」），會審理得更快或更慢（通常是速審速結以符合「社會觀感」），都是一種不平等作用，都是對司法公正性的損害。況且，這種將社會影響力制度化標示的作法，恰足以形成在「司法獨立審判」限界上的棄守現象。審判本應只就事實進行考量，如今，竟然做到刻意去提醒每一審的每一位法官：「這是社會輿論矚目的，要特別注意喔！」

偏見和媚俗的魔鬼，就在這個「矚」字被貼上時產生了。試問：哪一案件是否矚目，是由誰認定的？哪一法源依據或哪一司法行政正當性授權、製造並賦予這樣一種創造司法不平等效用的權力出來呢？

是這樣的權力，讓阿發造一支槍被判了七年半。殺人罪，也「不過」是七年以上有期徒刑「而已」。他們的司法體制，拒絕給予這位一時犯錯的年輕人任何機會。

先毀滅才瘋狂？先瘋狂才毀滅？

阿發，做為本舍房公認的「怪機種」，其行事怪異不止上述。比較為人「津津樂道」的是，儘量不吃、吃得很少的他，卻有著十分令人「矚目」的如廁習慣：每次上大號，要用六顆浣腸，花上一小時才能大功告成。因為牢房裡廁所沒隔間，那六顆浣腸在便坑前地面上一字排開，眾目睽睽之下，甚為壯觀。

不過，排便困難本就是犯人之間的普遍通病，大概是缺乏綠色蔬菜加上運動量不夠，關了一段時間的人很多都養成對浣腸的依賴，一天沒有它，就一天沒辦法「順暢」。不久之前，新聞報導傳出市面上浣腸缺貨的消息，最緊張的就是受刑人了。就我所知，許多人都囤積了大量的備用存量，才能安心服刑。因此，阿發也不過就是用得比別人多幾顆而已，以此做為指控他「怪機種」的理由，證據力似乎不足。

最具有證明效力的現象，在阿發申請假釋時發生了。從獲准假釋的兩、三個月前開始，他就拜託內清同學在進行垃圾分類時，幫他把人家丟棄不要的花生醬罐子搜集起來回收給他。陸陸續續收了一大堆，見他在廁所裡努力地將這些很不容易清洗的花生醬罐一一處理乾淨，問他要做什麼，他也不講。只說：覺得這些罐子很可愛。

直到假釋獲准要離開了，眾人才恍然大悟，謎底揭曉：阿發竟然將平時早餐免費供應吃剩下的東西——味道口感像木屑的肉鬆，顏色鮮橘顯然摻入大量糖精色素的豆枝，累積了很多，一一分裝在這大批的花生醬罐之中。他要把這些平時不吃飯省下的肉鬆、豆枝帶回家。

據說，這樣的行徑，是台灣監獄史上絕無僅有的首例。

我們頂多能說阿發的確「怪」，但是，能夠指稱他「不正常」嗎？我不知道。我知道的是，阿發的怪，或許多少有一些不尋常或特別的執著，但並不像故事一開頭那句經典智者的話語所說的那樣，是神要毀滅一個人之前的序曲、前奏。相反地，在阿發的身上，我看到的是嗜血的媒體和扭曲的司法，聯手起來踐踏摧折了一個人。瘋狂、不正常、怪機種，是一個人被環境和體制毀滅之後的結果。先毀滅、才瘋狂，應該還是多於先瘋狂才毀滅吧。

我問阿發：出去之後，有一技之長在身，應該不用擔心生活和工作吧？沒想到他竟然回答我：不做車床了，要去從事室內裝潢。也就是說，這一生中令他引以為傲的金屬加工技術，他要完全地、徹底地放棄了。

是什麼原因令阿發做成這樣的決定，我沒有多問。我相信，以他的天分，室內裝修技術一定難不倒他。我更相信的是，在這裡被視為怪機種的阿發，回家之後，應該很快就恢復「正常」了。何況，什麼是正常？什麼是不正常？真的有界限、有區別嗎？在我眼裡，阿發從來都不「怪」啊。

花終會開

——將軍的故事

將軍失去了自由名位，但是從未失去他的正義感和榮譽心。即便在不見天日之處，他的身形依然挺立，人格仍舊崢嶸。做為朋友，我能做的就是繼續不斷給予「祝福」，在「祝福」的能量中，祈願他能保外就醫，早日回家。

「生命的花朵，總是綻放在我們不經意走過的地方。」很同意也很喜歡這句話，除了相信因果緣起、相信種因必得果之外，更因為種下的因，會以什麼方式、形態的果出現，會在何時何地結實落蒂，這始終是個謎，始終令我在迷惑之餘，震懾於生命中的種種驚奇。

監獄裡的特立、異質者

將軍，不是混黑道的兄弟綽號，也不是為著表現人物特色而取的暱稱，是不折不扣的正式職銜。這位將軍，官拜中將，歷任各階層部隊指揮官，直到升任某直屬單位司令部司令。山東漢子，年近七十了，雖然鬢髮皆白，行止起坐之間，挺拔端正，依舊不失煥然英姿；動靜之際，盡皆軍人本色。

每天的午晚餐飯後兩次，只見他在這來回可走上六十步的舍房空間中跨步疾行，要健步一小時。腰桿打得筆直，眼神注視正前方，抬頭挺胸、收下巴、縮小腹，有著分列式行進的氣勢，也有著千萬人間唯我獨行的昂然。

這股昂然，來自一種不屈的氣質吧。自詡一生盡忠報國的將軍，每提起官司的冤屈，總不免對他一心報效的黨國氣憤難當。深冤永沉難得雪，身繫囹圄的磨難，令這位本來無畏無懼的將領，也不禁時而唏噓。尤其是想起家，想起家人的時候。將軍的父親年歲近百，身體硬朗健康，對兒子的不幸遭遇，只說了這麼一句話：「放心，我還會活到等你回來。」達觀的人瑞級老父，令將軍堅強，而優秀傑出的兒子，則讓他驕傲又安心。每提起兒子，將軍總是眼睛放閃、臉龐發亮，台大政研所博士班的高材生，真的不簡單。

將軍的工作隸屬於園藝組，這是一個編制超過二十人的複雜單位。複雜，一方面來自於工作內容，從常綠喬木整修、草坪植被維護，到花木植栽、培育、庭園景觀造型。反正，監獄之中的植物，只要不是種來食用的，統統歸園藝組管理。另一方面的複雜，則是組成人員的背景，從民意代表、鄉鎮市長、局處首長、各級公務員，到檢警調人員、企業主、白領階級，再加監獄中必不可少的毒犯、流氓、黑社會，構成了一種奇特怪異的共同生活生態。

幸好，園藝組的主管是一位面惡心善又能夠恩威並施、賞罰分明的好人（現已退休），對於花草樹木有著無上的高度熱忱，掌理園藝組十多年，將這裡廣闊的庭院打理得有如一座植物園般，甚至還建了一座暖房溫室，從育種栽苗到成株移植，一貫作業，近乎專業。對於犯人，這位主管平日不苟言笑，時而喝罵教訓，但卻最會為犯人著想，以管教取代處罰，盡可能地保障、維護犯人權益。是以，儘管這園藝組內成員複雜，倒也和這獄中各式種類不一的植物一樣，被他治得服服貼貼。

然而獄中的日子，比工作場所占更大比例的是待在舍房裡的時間。平日至少十八個小時以上，假日更不用說了，全天禁錮。舍房裡的生活，是主管看不見也管不到的。在狹小侷促的空間中，漫長流動的時間裡，人與人之間，一切的吃喝拉撒睡所形成的行為舉止、活動習性、人際往來，乃至那些看不見的／敵視的氛圍和命令／服從關係，產生出各種摩擦、對立、碰撞、衝突，是很自然的現象。

問題是，若在其中做為一個特立者、異質者，很容易就因為寡群孤立，而成為弱勢者、受迫者。身處園藝組複雜組成環境中的將軍，就個人特質而言，的確是很特別：年齡，幾乎是全體之中最大的；職業軍人身分，這樣的生涯歷練、經驗和眾人截然不同；甚至，典型的大陸移民第一代特徵，包括聽不太懂、當然更完全不會說福佬話這一點，也令他和別人相處起來似乎有些格格不入的違和感。這樣的「異質性」，若再加上某些天生性格之中的正義感和榮譽心，免不了就有受到傷害的可能了。

淡麗如君子，芳醇若忘年

任何團體，即使是再小的，由人所組成的社會，總是會有人想要多一點的權力、利益、好處，想要塑造自己高人一等的地位，想要形成足以干涉他人意志的關係。簡而言之，就是想要充當老大。

本來園藝組的作業方式是各人做好各人份內工作就好，我除我草坪的雜草，你修你樹上的枯枝，彼此之間犯不著也礙不上的。一位K黨的前鄉鎮長喜歡以老大自居，平時就吆三喝六頤指氣使，氣焰高張。有一次，又在指責別人做事不認真偷懶時，終於引起反彈，和另一位犯人爆發了激烈爭吵。就在兩人互相指著鼻子破口大罵，眾人圍觀爭睹好戲上演之際，只見將軍縱身一躍跳了出來，用他的山東腔國語對著這位前鄉長講了幾句義正詞嚴的公道話，讓他當場消風洩氣，老大也充當不成了。但是人家幹不成老大，做小人總可以吧？往後會怎麼暗箭傷人呢？基於義憤仗義執言的將軍，根本沒想那麼多吧。

一位據說身價高達百億的建設公司老闆進來園藝組，眾人趨之若鶩，爭相自我介紹奉承拍馬唯恐不及。這老闆看將軍每日兩次的餐後健走似乎有益身心，於是起而效法，每次吃飽飯就跟著將軍的步伐和他並肩而行。如此走了幾天之後，將軍對這位老闆說：「你要走就走你自己的，不要跟在我旁邊，咱各走各的。」原來是因為一些極想貼近這建商鉅子的人在背後議論耳語：「將軍走路，身邊伴著百億。」將軍聽到了，覺得至為不屑。有錢有勢，與我何干，不忮不求，最好保持距離。

一位D黨的前議員，一直在園藝組裡頭搞小團體、小圈圈，構築自己的勢力範圍，好像把經營地方派系、建立基層組織的模式從選區搬到了監獄之中似的。其實，這麼做的目的，也不外乎是想要充當老大的心態作祟。不過，拉幫結派的同時，總是要排擠抑制某些人，如此才能在對立中展開統一陣線的運作。

這位前議員將矛頭對準了不可能和他「合作」的將軍，開始盡其可能地鼓動其他犯人排擠他，用的理由居然是：將軍是外省仔，連台語都不會，咱台灣人不要和他作夥……搞政治搞到監獄裡面來，就已經是一件無聊透頂的事情了，還以這種早就該被掃進歷史糞坑的省籍標籤戴人帽子來欺負人，更是低級下流。這些話傳到我耳裡，真的讓我很生氣，於是叫我們內清的組長替我傳話警示：以後再講這樣的話，別怪我翻臉。

是在這樣的情境下，我才逐漸和將軍成為朋友的。為了讓舍房內這八、九十人都清楚的認知到：這是我的朋友。作法是，每星期一次家人來探視送的會客菜，必定會分享一部分予將軍。全舍房我只對將軍這麼做，因為我們是朋友。出乎意料的是，我送菜給將軍，將軍也將他的會客菜送我，都是他太太精心烹調的家常口味，讓我享用了好多碩大的海參、美味的滷牛肉……真是不好意思。我和將軍的朋友關係就是如此，淡麗如水的君子之交，同時也是芳醇若酒的忘年之交。

最後一次會面的驚奇巧合

因為外役監條例修正，將軍可以提前申請去外役監，對他而言，這真是天大的福音。若能順利前往，不但刑期可以縮短，還能夠定期放假返家探視年邁高齡的父親。

沒有想到，好不容易資格條件符合，提出申請之後，足足等待了三、四個月，等來的結果竟然是：沒有通過。這個打擊對將軍的影響之劇烈，近乎晴天霹靂。那一陣子，眼看他從滿懷著希望到無助的失落，從滿心的期待到無語的挫折，除了鼓舞他的信心，鼓勵他再接再勵之外，我心想，下一次第二度的申請，一定要卯足全力為將軍「祝福」，要發揮最大限度的「祝福」力量，協助促使他的願望能夠實現。

這一次，「祝福」果然展現了她的願力效果，又經過了三個月的申請與等待之後，將軍總算獲准移轉花蓮自強外役監。消息確定，我們都非常高興。做為一位好友，看見將軍踏上了已然出現隧道出口亮光的新階段，心裡實在很為他歡喜。

故事，如果沒有一點巧合，就沒那麼精采了。非常巧合的是，就在將軍即將移監的那個星期，他在此地的最後一次和家人會面，就在同一天，我太太也來探視我；同一天也就算了，每天那麼多梯次，一次十五分鐘的面會，我們的家人竟然湊巧地登記安排在同一梯次；同一梯次也就罷了，會見室總共十五個窗口，兩家人竟然被分配坐在隔壁窗位。

於是就在這將軍於三星的最後會面，意外的我見到了他的夫人、兒子，而他也看到了我的太太。在窗內的將軍和我，早已是好友，沒想到在窗外的兩家眷屬就此相逢結識，一見如故，立即相約了時間、地點、聯絡方式，決定好要進行一場司法受害者家屬聯誼茶敘。

生命的花朵「不經意」地綻放

將軍到了花蓮之後，透過雙方家人的互動，我也就可以持續關心他的狀況，在工作負擔的分配上，繼續運用「祝福」的方式，請求年事已長的他，可以被安排到體力能夠承受負荷的職務。果然「祝福」又再一次地顯示了它的威力，將軍在花蓮的工作、生活一切順利。

就在將軍移往花蓮的那段時間，兒子大學指考放榜上了台大。本來是一件令我興奮雀躍無比的事情，慢慢地，擔憂卻比喜悅來得多。我那缺少生活歷練、缺乏自理能力的兒子，要如何摸索適應徹底不同的大學生活，變成妻子每天面臨的重大挑戰。而我禁拘於此，一點忙也幫不上，只能空自著急憂慮，日夜心急如焚。

豈料在這個過程中，提供兒子最大協助、扮演最有力救援者角色的，竟是將軍就讀博士班的公子：阿維。從兒子認識校園環境、了解學習資源，到選課的建議意見、功課作業報告的指導，阿維無不盡心盡力、毫無保留地任由這位大一小學弟予取予求。其奉陪到底的程度，甚至包括了十二月三十一日當晚義不容辭地陪著這小朋友參加跨年晚會人擠人，還到夜店去見識撿屍到天亮。

對於阿維的情誼與付出，我有著莫可名之的感動。在深切的感動之餘，才赫然發現，我和將軍這一段發生於鐵窗之內的恩義交情，竟然造就出另一段兒子和阿維在校園殿堂裡外的勉學提攜。生命的花朵，就以這麼令我意想不到的方式綻放了。於是我才明白，這句話的重點，在於「不經意」三個字。在那我們「不經意」走過的地方，花朵綻放得令人驚訝。

將軍在健檢時驗出了體內有腫瘤，幸好他及時移往外役監，才得以及早發現，及早治療。吉人天必相，積善自有餘。將軍失去了自由名位，但是從未失去他的正義感和榮譽心。即便在不見天日之處，他的身形依然挺立，人格仍舊崢嶸。做為朋友，我能做的就是繼續不斷給予「祝福」，在「祝福」的能量中，祈願他能保外就醫，更祈願他能夠早日回家。

割線組的
—— 阿南的故事

蕭伯納的名言，無法體悟、落實，對個人來說，是一個命運悲劇。但是，若這整個制度的立法者、行政者、司法者，集體的智慧都和掌握經驗的能力不成比例時，就會淪為變相的暴虐和墮落了。

「人的智慧跟經驗不成比例，但是跟人掌握經驗的能力成比例。」這句話是英國劇作家蕭伯納（George Bernard Show）的名言。卑之無甚高論，不外乎就是，把人應該在錯誤中學習的道理，用看起來比較有道理的文詞重新包裝一遍而已。不過這些人盡皆知的道理，在現實世界中，卻往往被忘卻得一點道理也沒有。

放棄了的作品，為何繼續披著？

要講阿南的故事，不得不從他身上的刺青說起。在監獄裡，沒有紋身的人反而是少數。以我所屬的單位為例，來內清組的人已經是特別選擇過，背景單純，案情也單純的才行，長期以來，刺青的人數比例都維持在六至八成之間，其他的工場舍房就可想而知了。

時代進步，科技進步，但是這些混混、痞子、流氓、小屁孩的刺青美學一點都沒有進步。刺青主題還是不外乎魔王鬼怪諸佛神祇之類的，頂多再刻上一顆被箭射中（或破碎）的心，外加什麼「小珍我愛你」（或「恨！」）的字眼。無聊透頂，更毫無創意可言。

圖形之外，紋身也講究色彩。顏色越豐富的，難度越高，價格越貴，刺的過程也越痛。刺青的程序，是先劃出輪廓。刺的時候痛，刺完部位發炎，等消腫，傷口復原。開始上色，痛、發炎、消腫、復原。再一次上色，又是痛、發炎、消腫、復原，如此反覆進行。如果是單一的墨綠色還算好，只要忍耐個幾次；若是那種五彩繽紛的造型，每一種顏色就要多發炎消腫痛上一次，整個「作品」完成的時間也會拖得很長，一年半載之間，身體都處在傷痛的狀態。

刺青造型美學的程度低落也就算了，如果全身圖案能夠精細地上色彩繪，至少不會太落漆。有些人身上的刺青是未完成的作品，只有圖形的線條輪廓，就好像小時候幼稚園的著色圖畫紙一樣，由斷斷續續的長短不同虛線，構成粗可辨識的形狀。只不過，兒童著色圖的題材多是卡通人物或可愛動物，而這些慘淡墨黑線條勾勒出來的則是猙獰邪惡的鬼怪惡靈；半途而廢的荒涼，在美感程度原就低落的刺青作品上，添加了大量的淒慘無奈。

這些人，是什麼原因讓他們留下一件放棄了的作品披在自己身上呢？除了怕痛，必定是缺乏貫徹決心的意志，總不至於是沒錢付刺青費用吧。這種連刺青都無法完成的軟弱，就算作奸犯科混黑社會能搞出什麼名堂來？這些刺青半成品上身的人，有個專有名詞，叫做「割線組的」。

關到頭殼壞掉的可悲媽寶

監獄裡相傳著不知是迷信還是經驗的流言：「割線組的」人，是不祥的，會一生不停地進出監獄。阿南，就是一個割線組的，這個割線組的確實大半輩子都在監獄進進出出。

四十多歲、中年的阿南缺了一顆門牙，被香菸薰得黑黃的唇齒和黝黑的皮膚顏色差不多，發黃的內衣汗衫配上一條寬大鬆垮幾乎是掛在屁股上要掉不掉的六分褲，總是髒髒的讓人不想接近。這一次坐牢的罪名是搶劫，不過所有人都知道，他其實不過是個無藥可救的毒蟲，藥嗑太多頭殼壞掉了才跑去搶超商被抓，遭判了將近九年徒刑。在此之前，已經不知道因為吸毒被關了多少次，不要說老婆跑了，連唯一的女兒他也沒見過幾次面；更別說女兒結婚、生子，有了女婿、外孫，他統統不認識。反正這些家庭人生歷程發生的過程中，他都在坐牢（和準備坐牢）。

在內清組，阿南是不折不扣的「怪機種」。說他怪，其實主要就是愛計較。工作上斤斤計較自己做的是不是比別人多一些，能不能輕鬆一些。食物用品上斤斤計較自己能不能多得一些，可不可以少付一些費用。這樣一個只顧自己愛計較的割線組，就不只是遭到輕忽鄙視，而是會被眾人討厭排斥甚至修理了。

修理阿南的方式，比較文明的一種是孤立。比如同桌吃飯有六個人，其餘的五個人有會客菜時彼此分享，不給他。而且講明了，阿南若有會客菜，你自己一人獨享，大家也不吃你的（問題是，一個人根本吃不完）。另外比較粗暴的一種就是「出揪」，這是一個台語發音的基層暴力專用名詞，就是邀人以幹架等武力方式解決問題，類似下戰帖單挑的意思。被「出揪」的人，不勇於正面迎戰就是示弱龜縮，抬不起頭來。可是像阿南這樣四十好幾的中年大叔，被二十幾歲年輕力壯的小混混「出揪」，如果對抗下去，下場恐怕很慘。

阿南的斤斤計較、貪小便宜，在我看來還算在人之常情的範圍內，不是什麼巨奸大惡。和他同桌，我的菜，當然一視同仁地分給他。有好幾次跑來跟我哭訴，誰對他「出揪」了。看這樣一個年紀老大不小、身上揹著殘破刺青的男人哭哭啼啼的，在荒謬的感覺之餘還是有點同情可憐，也就替他緩頰，跟「揪」他的年輕人說：看我的面子，算了。

於是，阿南也就繼續生存在這不甚友善的環境中，三不五時地演出一些令我看了啼笑皆非的劇碼。每當有新人來報到，老鳥就會告誡他：阿南若請你菸，不要抽。給你東西，不要吃。若你抽他一支菸，以後你的菸，他就會拿來抽。若你吃他一次東西，以後你的食物，他就會自行取用。我起初半信半疑，幾次觀察下來，還真的如此。

另一個讓人哭笑不得的例子是，經常在一掃而空我的會客菜之後，阿南會摸著他碩大的肚皮用保證我聽得見的聲量喃喃自語道：「吃這種菜，真正是只為了延續生命而已。」有時還會多加一句：「不得已，也得吃。」

割線組的阿南，種種行徑，大多數人的共同「通說」解釋是：坐牢坐太久，關到腦袋壞掉了，導致人格扭曲、行為異常。慢慢地我才知道，原來他根本就還是一個媽寶，一個我見過最可悲的媽寶。

流言作祟或自我毀滅？

阿南的父親是三重地方赫赫有名、雄霸一方的角頭老大，曾經叱咤風雲，算是喊水會結凍的人物。所以在父親餘威庇蔭之下，阿南年少時候在三重一帶也算是小阿哥一個。可惜父親去世得早，爸爸的才能、手腕、謀略、文攻武嚇、組織經營和人脈關係，他一樣也沒學起來，遺留下來的各種事業生財之道更是承擔不起，束手無策。再加上染上吸毒惡習，除了毒品，六親不認。整個人生，就這樣自己給毀了。

一個連刺青都完成不了，在眾人眼中形同廢物渣滓，一輩子除了坐牢就是深陷在毒品中。連搶劫超商都失敗的人，到底是怎麼活下來的呢？是依賴他的媽媽。靠著高齡八十的媽媽定時寄錢進來，阿南才得以在監獄裡過著還算安穩的生活，不用去幫人洗碗、洗內衣褲。他的媽媽，不只這次坐牢如此，阿南成年之後，每次坐牢都是媽媽在支援照顧他。即使現在都已經當阿公了，對阿南的母親而言，或許他永遠只是一個還沒長大的孩子吧。

九年的刑期，因為是「累犯」要服刑超過三分之二才能開始申請假釋，一次駁回，就必須等四個月後才能再次申報。在報請假釋的過程中，阿南曾經多次跟我說：「這次出去不要再亂搞了。」、「這輩子太對不起老母了。」、「以後要學乖，好好做人了。」、「媽媽年紀大，不要再讓她煩惱了。」如此云云。申報假釋每遭到駁回一次，阿南就會指天劃地決心立誓說上一次。就這樣一次又一次申報／駁回，直到第四次，假釋申請才獲得核准，這時距離他九年刑期滿額剩下未服完的假釋殘刑只有一年多而已。

阿南假釋，沒有什麼歡送祝福，他離開得平靜，單位和舍房的人也都迅速淡忘曾經有一個在此生活了七年多的人。過了大概一年左右，同學間突然開始熱烈討論著「阿南又要進來了」的議題。平時不注意社會新聞的我這才知道，早在上星期，媒體報導一則毀屍滅跡的案件，一具吸毒過量致死的屍體詭異地遭人移動棄置掩滅，那時警方根本還不知道犯罪的可疑人物是誰，舍房裡的受刑人同學們就已經私下議論紛紛了：「該不會是阿南吧。」犯人的直覺比監視器還厲害，果然一語中的。嫌犯落網，就是阿南。

什麼洗心革面、重新做人的話，都是狗屁。想必阿南一獲得假釋出獄，還沒回家看媽媽，就先找上藥頭買毒品了。這下子，又是吸毒，又是破壞屍體，說不定還有過失致死等罪責，再回籠坐牢，必須補服滿假釋尚未執行的殘刑，加上新犯案件的刑責，應該會令阿南面臨很長的牢獄生涯。

如果阿南不是一出獄，就凍袜條馬上再度犯案；如果阿南能夠「功夫技術」精進優化不要那麼快就再度被抓；如果阿南可以撐到假釋期滿五年之後才再度出事，那麼情形就完全不一樣了。阿南下一次坐牢的資格身分，將會比之前搶劫那一次，在申報假釋時更容易，只須服刑滿二分之一就可以。這也太奇怪了吧，為什麼？這就必須從現行假釋制度的規定說起。

現行假釋制度的荒謬缺陷

依據現行矯正法制，犯人的身分分為三類：初犯、累犯、再犯。初犯，就是完全沒有任何刑事罰的前科紀錄，連法院罰金都沒有。這一類犯人，服刑滿二分之一可以申報假釋。

累犯，是指這一次犯罪的時間點，距離上一次犯罪服刑或假釋期滿的時間點，在五年之內的，不管是什麼罪刑都一樣，包括刑事罰金在內。累犯者，須服刑達三分之二才能申報假釋，而且在累進處遇的積分規定上，取分晉級的難度要比初犯大上許多。

至於再犯，則是這一次犯罪的時間點距上一次犯罪執行完畢超過五年以上。再犯的人，假釋的門檻和累進處遇的積分規定，待遇都和初犯一樣，二分之一就可以申報假釋，所以在犯人間被稱之為「假初犯」。

以阿南為例，上次搶劫距離上上次的犯罪刑責執行完畢時間不到五年，是累犯；這次吸毒棄屍，距離上次搶劫刑期執畢只不到五年，所以仍是累犯。但是就阿南說來，現行假釋制度對於嚇阻、防止他再次犯罪，一點效果也沒有，因為假釋殘刑只剩一年多，他根本不在乎。

阿南的案例，曝露出現行假釋制度在設計及執行上的缺陷：

一、矯正機關刻意將假釋核准弄得很難，一再駁回，造成執行刑期比例過高，剩餘殘刑期間過低，除了導致監獄大爆滿之外，唯一的效果就是，更生人根本不擔心再度犯罪要連同假釋殘刑一起補服刑，反正剩那麼短的刑期，怕什麼？

二、第三次以上犯罪的「再犯」反而得到比第二次犯罪的「累犯」更好的待遇。

三、第一次犯了很輕的罪，例如只受到罰金處分，卻不慎在五年內犯罪成為「累犯」的人，俗稱「罰金累」，必須承受嚴苛的待遇，相較於上述二的「再犯」，顯然不公。

四、再犯，這種「假初犯」，即便惡性重大，只要時間隔得久（五年以上），殺人放火也沒關係，受的待遇和完全沒前科、真正不曾犯罪的「初犯」一模一樣。如此，不只是不公平，更是對初犯者的懲罰，對再犯者的獎勵，獎勵再犯。

從阿南的例子，看到了假釋制度的荒唐，也益發顯示了將真正初犯的假釋門檻修改為三分之一的必要性。對第一次犯罪者而言，假釋後殘刑愈長，防止其再犯或累犯的效果就越大。而這些初犯的人，才正是矯正體制最有可能救回來的人。目前的法制，只會造就出更多的阿南而已。蕭伯納的名言，無法體悟、落實，對個人來說，是一個命運悲劇。但是，若這整個制度的立法者、行政者、司法者，集體的智慧，都和掌握經驗的能力不成比例時，就會淪為變相的暴虐和墮落了。

阿南這樣的割線組累犯，人生或許不再有希望。可是，那麼多的真正初犯者呢？難道說，他們也只能獲得和阿南一樣程度的渺茫希望嗎？

愛為何物

——B仔的故事

我無意於評斷B仔這個人的是非善惡。對他，我是否缺少了一份同理與慈悲呢？或許，那許多繪聲繪影的負面傳聞，只是集體的不實想像；或許，他幾次主動和我談話，只是要表達善意與關心……

若要用一句話來總結基督的精神、神的教誨、主的訓示，是怎麼樣的一句話呢？耶穌顯聖開啟的門徒弟子、基督宗教的創建者、神聖福音的使徒保羅在《新約・加拉太書》之中這麼說：「所有的律法都包在『愛人如己』這一句話之內了。」（加拉太書 5-14）

是的，愛人如己，的確足以概括一切基督教義裡上主對凡人的道德律令、行為準則。但是做為一項規範標準，這要求的境界也實在太高、太難了。古往今來，到底有多少基督的信者做得到、達得成呢？或許，做為一項期許目標，這一句話的指引性、方向性意義，才是神的真正用意。

世間眾生，不管是不是基督徒，別說愛人如己，至少不要「為己害人」或「損人不利己」，才不至於失去做為一個「人」的基本質素吧。這是B仔的故事。B仔，是一位坐牢之後才信主的基督徒。

地位特殊的科員雜役

基督徒B仔被以違紀處分改配發落到普通工場的那一天，整個和三舍，所有小單位的受刑人，表現出一股歡欣鼓舞、興高采烈、大快人心的集體情緒，那種開心慶祝的心情，比過年加菜猶有過之。一個犯人能做到這樣地步，也算是傳奇人物了。

B仔的諸多事蹟對我來說，都是傳聞播送的間接資訊。但不滅的形象（不管是神聖或邪惡的），不都是藉著口耳相傳的「見證」，才得以建立起來嗎？在和三舍的八、九十人之中，B仔的身分地位十分特殊，他的正式職稱是「教區服務員」，俗稱「科員雜役」。教區，是監獄裡的管理建制單位。三星監獄的第一到第十六工場，分別隸屬於第一到第六教區管轄。至於我們所屬的第七教區，則下轄了包括員工餐廳、合作社、炊場伙房、外農藝、外清掃，以及和三舍的內清掃、內農藝、園藝、搬運、水電、營繕等，所有的特殊任務單位。

一個教區，編制一位科員負責統籌處理所有的事務。每一位受刑人的個人資料、生活紀律、工作輔導、戒護管理，權責全部集中在這單獨個別作業的科員身上。每一個人每天收發信件內容審查必須通過他；要看醫生門診打報告，呈請核可的對象就是他；連買什麼水果、食物、飲料、百貨也都得經他同意核章。才一個人，面對各單位合計好幾百位受刑人的業務工作量，怎麼可能做得完？

於是每位教區科員就編派了兩名雜役，美其名為服務員，從犯人中遴選來幫忙打理行政協助兼庶務雜務等一切事宜。和任何公家機關的首長機要祕書一樣，這科員雜役，所有「長官」看得到的公文、資料，他都看得到，當然，還會比長官更早一步看到。B仔，就是我們第七教區的科員雜役，這是他職務地位特殊的一環。

無敵恐怖的抓耙仔

至於身分背景的另一環，B仔也是滿特殊的，在三星算是名人級的一號人物。因為他有著一位算是頗有名氣的前妻，經營一家算是眾所周知的公共事業。根據傳聞，B仔原本是公務員，管轄區域正好是前妻娘家經營事業攬客營運的地段。這樣的緣分關係成就了婚姻，也成就了事業。

前妻生意越做越火，合法化取得營運許可權利後更是經營得有聲有色。不知道什麼原因，後來夫妻失和離異。B仔之所以坐牢，就是為了教唆他人去向前妻縱火洩憤。這是很嚴重的家庭暴力結合公共危險罪，被判了六年多。

奇怪的是，這起事件在社會新聞中鬧得挺大，媒體渲染得很誇張，怎麼B仔在牢裡還一直跟眾人說那位名人前妻仍是他老婆，那家三不五時還會打廣告的知名公司仍是他的事業。

其實他的前妻早已另結新歡，而這位外表斯文、面容俊秀的新歡恰好是與我交情不錯的舊識，好幾次和我聚會應酬的場合就帶著B仔的前妻出席，兩人出雙入對，早已不是祕密。反正，這都不干我的事，對於B仔繼續不斷炫耀著他的老婆、他的公司，咱默不作聲就是，裝作什麼都不知道。

在職務和背景的特殊性之外，B仔的行事作為之特殊性，才是真正塑造出他無敵形象的重點。根據傳聞指證歷歷，得罪B仔的都沒好下場。在和三舍，大家擺明了將他當成科員的抓耙仔，任何人的行動、舉止，都在他的密切監視之中。舍房內管理員注意不到的時段，監視器鏡頭掃描不到的角落，都由他來補充強化，發揮全天候、全年無休的監視功能。經常，今天舍房內同學的一言一行有個風吹草動，隔天科員、戒護專員就知道了，原因統統指向他的通風報信。

台灣的監獄統一規定：舍房內不准運動。三令五申，逮到就以違規論處。又，也是統一規定：舍房內禁止沖澡，包括淋浴、沖涼都不行，天氣再熱也一樣。即便夏天室內被太陽曬成超過四十度C的烤箱，受不了跑去沖澡的，照樣以違規論處。先姑且不論這種規定合不合理、人不人道、有沒有人性，反正，這是沒人能夠確實遵守的戒則。犯人們只能在懲罰威脅之下，膽戰心驚的偷偷運動、偷偷沖澡，希望管理員有人性一點，能夠睜隻眼閉隻眼。

但舍房內有B仔在，他的眼睛可是不睜不閉地緊盯著的。於是在傳聞的訴說中，那些被以違反運動、沖澡規定處分、隔離、改配、移監的同學，都是得罪過B仔的，和他處不好的，甚至是他看不順眼的。B仔的這項檢舉指控特異功能，還進階擴大到：他會到矯正署、法務部、立法院等各級機關去投訴，指控的對象不止是受刑人，獄中的管理階層、各級公務員也都成為他的告發目標。於是，在此種恐怖光環加持之下，B仔的形象更加令人生厭生畏，也就從而益發令人避之唯恐不及了。

無聲的OS對應

對於B仔，我也是敬而遠之的。有幾次實在避免不了，就儘量維持著一種不慍不火不冷不熱的表面態度。和他對話的時候，即便心裡油然而生的OS旁白再多，也絕不說出口。印象最深的親身經驗（是經驗，不是傳聞了）有這麼幾次：

我剛到第七教區報到的頭一天，B仔就問我：「你太太是不是某某某，是不是在立法院工作？我認識啊！很熟啊！」不明就裡被問得一頭霧水的我，只好含糊其詞地回應：「沒有啦，沒有啦。」心裡同時OS：這個科員雜役應該是將我的個人相關資料徹底看了個仔細了吧。雖然來到這種地方，連小雞雞都要定期被命令掏出來檢查有沒有入珠（或入珠數目有沒有增加），個人隱私保護已經沒啥意義，但是自己的資料落在這種人手中，還是令人很不舒服。

來到第七教區大約一星期，B仔突然問我：「你家住在什麼什麼路，是不是靠近什麼什麼山莊附近？」我只好言不及義、更不由衷地回應：「不是啦，不是啦。」心中同步OS：這傢伙，大概是我寫出去和收進來所有信件的第一位讀者吧，搞不好精采段落文句都摘要作成筆記了。反正我和家人的魚雁往返，都是在一種無事不可告人的光明磊落態度下書寫而成的，被別人偷看檢閱，不致有害，只是不快而已。尤其光明正大偷看的是這種人。

過了一兩個月左右，有天傍晚，B仔跑過來煞有介事地對我說：「我不久就要去外役監了，這個科員雜役位置非你莫屬，因為全教區論學識才能，沒人能和你比……」然後自顧自地說了一大串擔任這個職務的種種好處：既輕鬆愉快，又可以「保護」自己云云。我只能嗯嗯哦哦地在他的強力推薦中穿插回答：「不用啦，不用啦。」心底浮現OS：本人的學識才能獲得這種人的賞識肯定，被他抬舉為後任接班人，不知道是該感到榮幸驕傲還是悲哀可憐？應該是覺得好笑吧。後來才發現，他的這番話根本就是唬爛，放火燒前妻房屋被列為重大家庭暴力行為，每星期要接受特別輔導，根本去不了外役監。幸好，我的學識才能程度沒有低落到被唬弄之後還沾沾自喜、洋洋得意。

最後一次和B仔交談的印象，是他跑過來以這個話題搭訕的：「我看你每天打坐，有盤腿嗎？是雙盤還是單盤？」我還來不及回覆：「都不是，都不是。隨便盤，隨便盤。」他就開始滔滔不絕地講起如何在入獄之後找到信仰認了基督入了教。一大堆上帝的力量多麼偉大神奇，信了基督如何改變人生的傳道話語。我在心裡OS著：我怎麼盤腿干你啥事……的同時，心不在焉地一整個當成馬耳東風。如今回想起來，竟然一句也沒聽進去，一句也記憶不起來了。

就這樣，我始終保持著一種不得不失敬而遠之的態度對待B仔。至於其他同房受刑人，則維持著一種敢怒不敢言的生人迴避關係，繼續忍受B仔的作威作福、任意橫行。照理講，這樣的人應該沒朋友，也沒人願意和他親近才對。

無法愛人的人，永遠被禁錮

不，這時候，上帝或至少宗教，對他伸出了神奇的援助之手。有兩、三位都是原住民的基督（或天主）教徒：一位桃園某山地偏鄉前鄉長，一位中橫支線某高冷高麗菜產地部落獵人，以同為教友的身分結合在一起，逐漸變成依B仔馬首是瞻的隨從團體。每個星期天，安息日，這三、四位神的子民就圍繞著B仔為中心成一個圈，做禮拜，做見證，做分享信心的功課，儼然建構起一個福音降臨於舍房的小小團契，和三舍小教會，而B仔就是這教會的牧師、執事、傳道人。

做為一位傳教士，B仔對他「教會」中的信眾，是頗為關懷、照顧，頗為和睦、友愛的。但除了這兩、三位教友之外，對其他人，他的姿態依然高調，他的心理依然警戒，他的態度依然充滿敵意，尤其是對床位在他的四周，以及吃飯和他同桌的人，三不五時頻率極高地就會傳出B仔用不堪入耳的三字經加上各式惡毒兇狠的言語，幹譙咒罵順便問候人家祖宗老媽的聲音。

這種「無差別式霸淩」一直持續到最後那一次，睡他隔壁每天都被B仔三餐加夜宵打槍怒罵的同學，終於被幹譙到受不了，崩潰之餘、衝動之下，找了管理員投訴，控告到底，絕不撤案。獄方最後作成處分結論：兩個人都辦違規，都改配工場，調離小單位原職。

B仔打包離開的當晚，舍房內歡樂的氣氛有如轟趴。所有可樂、沙士、舒跑，瓜子、花生、餅乾，全部擺出來做成流水席，還有人將自己一整個星期配額份量的香菸統統貢獻出來請全舍房的人抽。這一慶賀行情，等同在外面社會開香檳兼鳴二十一響禮炮。只是，欺負人的和被欺負的受一樣的處分，究竟合不合理，在慶祝除害的聲浪之中，也就沒人探究，遭人遺忘了。

我無意於評斷B仔這個人的是非善惡。事後回想起來，對他，我是否缺少了一份同理與慈悲呢？或許，那許多繪聲繪影的負面傳聞，只是集體的不實想像，而我卻因此產生了偏見；或許，他幾次主動和我談話，只是要表達善意與關心，但我卻拒之千里之外；或許，他刻意展現和前妻或事業的關係，只是他心中情感仍然牽連著、記掛著的透露或表達，而我卻將之誤解為自我膨脹吹噓。

他的一切言行，會不會都只是他用以「愛人」的方式而已呢？B仔的行為故事，更應該引發我們去思考的是，信仰的目的和本質是什麼？是發洩憤怒和復仇？是滿足欲求和福祉？是忍辱負重和節操？是獲得救贖和解脫？或是追求超越和統整？基督「愛人如己」的精神蘊含著「怎麼看待別人＝怎麼看待自己」的深刻意義。若是只有經由愛別人才能夠真正地愛自己，那麼，害人的同時，不也正在害著自己嗎？

在B仔的身上，可以看見一股不亞於舊約《詩篇》中大衛求神消滅一切敵人的強大憤怒。這一股憤怒，其實是令人悲傷的。保羅揭示「愛人如己」信念，本意是為著闡明基督徒如何蒙召而得到自由（加拉太書 5-13）。無法愛人的人，無法從憤怒的痛楚中釋放出來的人，等於永遠都被自己禁錮拘押著，永遠都得不到真正的自由。

活在憤怒之中的人，即便假釋出獄了，和關在監牢中又有多少不同呢？不管是否從有形的囚禁中解放都無法獲得自由，這正是令我為著這些不能愛人的人，深覺悲傷之所在。

神的面容

——小馬的故事

我沒有再追問小馬為什麼、憑什麼、有什麼理由，讓他可以認為自己仍是一位好穆斯林。對於信仰的信心，對於信心的堅定，對於堅定的依靠，有什麼好追究的，又從何追究起呢？

「不論你轉向何方，都有阿拉的臉。」這句出自《古蘭經 2:109》的箴言，是我最喜歡的伊斯蘭聖辭。對一位信仰虔誠的穆斯林而言，不管身處何時何地，不管朝著什麼方向，真主都在左右、都在面前，都與信者須臾不分。真的是這樣嗎？即使在監牢之中，也是一樣嗎？

一位穆斯林在台灣監獄

小馬年紀真的很小，才二十二歲。接近光頭的蛋形臉配上一副厚重黑框眼鏡，活脫就是粗壯版的卡通電影人物小小兵，老實又憨厚，幸好講話大家還算聽得懂。

剛開始，聽說他的媽媽來自泰國，我以為監獄裡也逐漸出現外籍配偶第二代的新台灣之子了，原來不是。小馬的父母原籍雲南，父親跑到緬甸，母親跑到泰國，兩人各自隨家族遷居台灣才認識結婚。找他過來問話，小馬很緊張。因為他在隸屬的單位：內農藝組認的老大，每天在幫我們內清的一個同學泡茶，他稱之為「祖師爺」。而這位他的祖師爺，則是每天在幫我泡茶。所以遇到我，他不知道該怎麼稱呼。

「要叫祖師公嗎？」

「不要啦，把我叫那麼老幹什麼？我問你，你是不是穆斯林？」小馬一聽，愣住了！從小到大，他的宗教身分別說被人家猜出來，連告知、了解的朋友都很少。其實這也沒什麼厲害，來自雲南又姓馬，是穆斯林的機率，大概和出身新疆又姓馬的比例差不多一樣高吧。只是台灣的穆斯林人數很少，一般台灣人對伊斯蘭的背景知識又非常貧乏，連這種歷史常識也不太有人注意而已。

小馬的雙親都是穆斯林，他可以說是一個在伊斯蘭傳統信仰教導下成長的孩子。從有記憶開始，每個星期五媽媽一定帶他到清真寺做禮拜。台北市新生南路的清真寺，星期五就是一個民族大融合的會所。禮拜真主，聚會吃東西，再繼續禮拜真主，是生活中的重中之重。除了做禮拜，每個星期天一整個早上，有阿訇（伊斯蘭教掌理教務、講授經典的人。也譯作「阿吽」、「阿洪」。）教導小朋友以阿拉伯語學習《古蘭經》的課程；小馬從幼稚園一直學到國中畢業，大多數《古蘭經》的篇章他都會用阿拉伯語誦念。

穆斯林不是不吃豬肉嗎？監獄裡的伙食，可能顧及台灣傳統信仰和農村社會留下的飲食習慣，牛肉是從來不曾出現的。豬肉則是幾乎天天都會碰到，或做主菜，或做配料，或做湯底。那小馬在這邊吃飯怎麼辦？

「就……有些我敢吃的就吃，實在不敢吃的就不要吃啊。」敢吃的是什麼？香腸、排骨、肉片都還可以。不敢吃的呢？豬血、豬肝、豬肚、豬心、腰花、蹄膀……就這麼自己默默撿擇分辨，吃了一年多，同房的人完全沒發現，原來同桌共食的他是位穆斯林。

「小馬專用」每週二定食便當

從此之後，每個星期二晚餐，我就將家人送來的會客菜，另外打理出一份「小馬專用穆斯林定食便當」替他加菜，有牛腩飯、鮭魚飯、雞肉飯、蝦仁蛋炒飯，三不五時來個素食豆腐鐵板麵，他都吃得津津有味。

唯一會來探視小馬的是他的媽媽。工作忙碌加上路途遙遠，探視的頻率不高，但每次總是帶來意外的驚喜。驚喜的不是小馬，是我。每次媽媽送來的料理，小馬一定會準備一份孝敬我。爾後我才知道，他的媽媽堪稱穆斯林清真菜餚的多國籍料理廚藝大師：香料雞，印尼口味的（世界最大穆斯林國家）；咖哩牛，印度風的（世界第二多穆斯林人口國家）；炒羊肉，土耳其風味的（歐亞大陸最重要伊斯蘭國家）；還有一種很道地的烤餅，據說是從巴基斯坦人那兒傳習而來的（全世界唯一擁有核武的穆斯林律法國家）。這烤餅，夾香料雞、夾咖哩牛、夾炒羊肉，都是絕配。都好像穆斯林遇到穆斯林，都是兄弟姊妹一家人一樣的搭調。

小馬的媽媽就是在家裡自己製作這種烤餅，供應給大台北地區的清真餐廳。像溫州街附近的「法老王」、基隆路上的「摩洛哥」，都是用他媽媽做的烤餅。小馬從小就跟著媽媽幫忙做餅，他常擔心沒有他負責揉麵糰，媽媽還有力氣做得動嗎？

小馬的父母感情不好，從小他就很怕爸爸。印象中，爸爸不知道為了什麼原因經常打他，打到他受傷了，再替他擦藥。小馬是獨子，除了自己，還記得媽媽也常挨爸爸打，有時候還拿菜刀追殺。幸好，父親在家的時間不太多，除了外面有女人，更因為沉迷賭博。做木工的爸爸，行事曆很固定：每個月五號發薪水，六、七、八三天一定不見蹤影（賭博去了），直到九號才出現回到家（輸光了）。十、十一、十二連續睡三天的覺（輸錢也很累，要補眠），然後十三號才恢復正常去上班工作。

如此，和媽媽兩人相依為命的小馬，不愛讀書又愛玩，就慢慢地在進入青春期之後，不再跟著媽媽，整天流連在永和樂華夜市的撞球間，認識了一大堆也是每天不想待在家的朋友，覺得這樣也很快樂。

這次坐牢，是販賣K他命被判了三年多。怎麼走上這條路的？一個原因，就是傻。才十九歲、剛從高職觀光餐飲科混畢業的小馬，自食其力的跑到複合式二十四小時營業茶飲店當服務生，認識了他認為這一生中對他最好、最講義氣的朋友。朋友也在當服務生，兼差賣K他命賺外快，一個月賣個三、五十克，增加收入。

小馬見狀，決定和他合作「拓展業務」，把批發來的K粉自己分裝出售。一般行情號稱一小包一公克，實際重量只有含（包裝）袋〇．七公克，賣四百五十元。小馬的貨，含袋〇．八五公克，才定價三百元。兩個人還很沾沾自喜：「這叫薄利多銷。」果然，甫一上市立即造成轟動搶購，不到二小時竟然就賣出了兩百包。小馬還很會「開發市場」，以前在撞球間累積的「人脈資源」全部成了他的銷售客戶。東西又便宜又好，小馬跟合夥的好朋友說：「這叫良心事業。」

這樣的良心事業，一個月的淨利高達二十一萬元。為什麼記得這麼清楚？因為這薄利多銷二人組大展鴻圖兩個月就被抓了，所有跟他們買毒的都認罪，良心事業販毒集團主謀二人也只好統統認罪。

神的面容如果是愛

入獄服刑的小馬，身邊帶著的是媽媽送進來的、唯二本僅有的書籍：《穆斯林手冊》以及《認主獨一》。前者的內容，主要是《古蘭經》教義加上伊斯蘭的典章儀則，包括：信仰、教功、儀節、教法等做為穆斯林應該遵守履行的真主聖示；後者，則是一本神學理論典籍，集中探討伊斯蘭的一神論核心概念。小馬將這兩本書借給我，算是令我真正對伊斯蘭、對穆斯林的信仰，開了眼，入了門。看書之餘，偶爾也找小馬過來，問他一些信仰上的問題，聽聽看真正穆斯林的觀點與見解。

有一次，我問小馬：「將來出去之後，你會不會去清真寺做禮拜？」

「會！」

「每個星期都會去嗎？」

「都去！」

「一定會去嗎？」

「一定！」

「為什麼？怕不去媽媽會罵會生氣嗎？」

「不是啦！現在是自己想要去。」

以前做禮拜是被媽媽強迫的。或許，以後上清真寺是自願的，是發自內心自動自發的。也許啦，只是也許。最近一次，我以最嚴肅的表情問小馬：「經過這些事情之後，你覺得自己仍然是一個好的穆斯林嗎？」這次，小馬沉默了很久，才抬起頭告訴我：「是，我是一個好穆斯林！」

我沒有再追問小馬為什麼、憑什麼、有什麼理由，讓他可以認為自己仍是一位好穆斯林。對於信仰的信心，對於信心的堅定，對於堅定的依靠，有什麼好追究的，又從何追究起呢？做為一個好穆斯林，小馬是確信不移的。倒是在堅信自己的好穆斯林認同之後，對於以後能不能娶到一位同是穆斯林的女孩為妻，小馬則是大表憂慮的：「應該很難吧！台灣信伊斯蘭的女生那麼少……」

對於未來職涯，小馬倒是想得很清楚，要學做麵包。我一直鼓勵他，為什麼不把媽媽手上從雲貴泰緬馬印到中亞、中東、北非的各國美食烹調技藝好好地承接起來呢？他對做菜沒興趣，但是很喜歡烘焙，覺得整天和麵糰在一起也很快樂。我心想，是不是要想辦法送他到吳寶春那裡做學徒呢？這樣，以後我這「祖師公」，就有吃不完的麵包了。

蘇菲派大宗師，被尊稱為長老阿克巴（al-Akbab）的伊本．阿拉比（Muid ad-Din ibn al-Arabi,1165—1240）曾經寫下這樣的美麗詩篇：

「我的心能夠千變萬化，可以是僧侶的修道院，可以是偶像的寺廟，可以是瞪羚的牧草，可以是卡巴聖廟的信徒，也可以是刻著猶太律法和古蘭經的石板。愛是我抱持的信仰，不論他的駱駝，轉向何方，它仍然是我唯一真正的信仰。」

阿克巴長老的詩句中，應該能夠增補上：「可以是媽媽送來的烤餅。」、「可以是每週二的定食便當。」阿拉的臉，即便在獄中，應該依然看得到。因為神的面容如果就是愛，那麼，任憑朝著什麼方向，都是禁閉的圍牆所阻隔不了的吧。

我執苦空

——阿憲的故事

越是深入佛理，越是看見這麼多人抄經求佛，我越是不懂了。不是每個人都有資質秉賦能夠領悟佛法奧義，不是每個人都能因緣俱足、可以得見空性實相，那麼，除了那彌足珍貴的一份誠心，還少了什麼呢？

「若以色示我，以音聲求我，是人行邪道，不能見如來。」這是號稱「解空第一」而最廣為人知的佛教經典《金剛經》之中，最廣為人知的一段經文。旨在告訴我們，一切的名色，盡皆幻化。只要著於相，就偏離真理了。

佛法總是以一種否定句型指出這樣不對、那樣不對，但幾乎不曾直接點明怎樣才是對的。或許也無可厚非吧，誰教真理實相是無法言喻、難以形容描述的呢？監獄中的宗教信仰傾向，佛教徒的比例是最高的。可是，抄經的人很多，唸經的人很少；拜佛的人很多，理解佛法的人很少；戴著念珠把玩的人很多，願意每天花個十分鐘靜坐的人更是少之又少。

有印刷廠勸募善款製作了大量的佛經抄寫紙本送到監獄裡，簡直是無限量免費供應。最普遍的是《般若波羅蜜多心經》和《地藏菩薩本願經》，以及《藥師琉璃光如來本願經》。許多受刑人閒著沒事就拿來拚命抄寫，抄完一本又一本，用掉幾十公斤的紙張了，都還不知道自己抄的經到底內容在講什麼。

二千多年前，傳播工具極度缺乏，抄經做為傳布佛法的方式之一，是一項功德。如今，按幾下滑鼠就可以複製貼文的時代，抄經還有功德嗎？只是徒令更多樹木被砍來造紙的浪費行為罷了。我一直不能理解，這些受刑人寧可一遍又一遍地一直抄經，卻不願意去弄懂經文意義，或至少以唸誦取代抄寫的原因到底是什麼？或許，對這些自認佛教徒的人來說，佛，就是神的其中之一。拜佛，也就是在拜神。求佛，也就是在求神。令我困惑的是，佛，真的能保佑人嗎？佛，真的喜歡人們拜祂嗎？求佛，真的能求到自己想要的嗎？還是，這一切都是《金剛經》裡的那一句警示：「是人行邪道」呢？

無法理解的固執

阿憲，是一位佛教徒。比起其他只是一味抄經的人，他是更虔誠純粹得多的佛教徒，至少他吃素，吃的是一種滿奇怪的素：每逢農曆初一、十五，加上逢一、逢九的日子當天才吃素。算下來，就是：初一、九、十一、十五、十九、二十一、二十九等幾天。也不知道這樣的吃法有什麼特別的道理，反正就是堅持要這樣。從這一點，就可以看出來他的固執。

年過五十的阿憲，體格仍然相當精實。他來到內清，是遞補那位D黨大老移往外役監所空出來的缺；睡的，也就是那位大老留下的床位。從第一天開始，大家對他的印象就不好。阿憲一來就宣稱，他進內清是那位D黨大老運作安排的，他們很熟很麻吉。同學們心裡明白他在吹噓，背地裡笑翻了，後來才知道他和大老確有淵源：他就是擔任該大老居住社區的管理委員會總幹事，因為被控訴侵吞社區基金才遭到判刑坐牢的。只是，大老完全不認識他就是了。

和眾人處不好的阿憲，與信仰無關，主要原因是性格上的固執。其實，台灣的監獄尊重受刑人為信仰而茹素的選擇，只要申請，伙房就會另外準備三餐皆素的餐食。阿憲吃素的時間跳來跳去，有時候連他自己都會忘記當天怎麼吃，搞得大家跟著困擾、煩躁不已。於是勸他申請吃素，每天多一份素菜，平常日就和我們一起分享普通食物。很合理的建議，他就是堅決拒絕，不肯接受。

這份固執，不只表現在生活習慣上，也延伸到工作範圍中，那問題就大了。從我分配到內清這個單位以前，長年流傳下來的慣例規則就是，新來的要承接比較多雜務，舉凡：吃飯時三餐鋪桌布、擺碗筷以及飯後清理；舍房內使用的開水、冰塊提取；至浴室洗澡時攜帶盥洗用具和所有人的毛巾；還有，輪到內清擔任打飯菜、洗廁所的公差時，這些工作基本上都是越晚來的新手要負責越多。倘若將之視為一份幫大家服務的例行作業，也沒什麼。

只是，年過半百的阿憲做起這些事情，會讓大家覺得他很不情願，不願意依照前人所指導他的做事方式去執行，只管照著自己的意思做。講一、兩次不聽，講三、四次還我行我素，內清這些街頭混出來的年輕人就火大了。更令眾人受不了的是，資源回收場的作業有一定的模式，垃圾該如何分類，回收物該如何整理，都有一定的標準程序。對啦，就是SOP。連這個，他也做不好。不是學不會，而是不聽勸，堅持己見，要用他自己的方法做。如此一來，可以想像他和內清這些跳八家將兼在夜店圍事的「有為」青年之間，就隨時處在瀕臨暴發衝突的緊張情緒中了。

源自最親愛女性的「原來」

阿憲和眾人的關係，從不合作、不往來、不互動，直到變成看不順眼、看不下去，除了吹噓導致輕視，固執造成衝突之外，另一個原因是他每天都愁眉苦臉地活在自己憂心鬱卒的世界中。鬱卒的，是來自於經濟困境，完全沒有財產積蓄，二女一男的孩子得靠老婆一個人撫養供給；憂心的，則是為著那小他十幾歲的老婆似乎已經爬牆外遇和別的男人搞在一起了。在我看來，他的鬱卒是事實，的確，阿憲的經濟拮拘，從他保管金帳戶餘額只有三位數，幾乎不曾買東西就可以證實。至於對老婆的憂心，是其來有自的無奈情境，抑或空穴來風的無謂臆測，就不得而知了。

慢慢的我才發現，阿憲如今揹負著比常人更多的固執，原來是因為他的身上有著頗為風光的過去。

五十多歲的阿憲體格還很好，全身的肌肉結實、線條分明、體魄強健。從小習武的家學淵源，讓他傳承了好幾個門派的功夫根底，年輕時是全國武術大賽冠軍，從當兵可以在高手如雲的陸軍武術人才中被挑選擔任總司令的貼身侍衛士，就知道他的本領有多高強了。眼見為憑，有一次閒暇請他示範幾個出拳踢腿的動作，厚～還好內清的小混混沒有和他真的打起來，不給他一拳震出十米以外才奇怪。

出社會後，阿憲的事業也算一帆風順，在餐飲業擔任過許多知名餐廳的總經理，也曾經受聘為酒店的經營負責人。商場得意，情場快意，晚婚的他，娶的是年紀小了一輪的美容師。這樣的順遂人生，是如何急轉直下、變得幾近窮困潦倒呢？我無從問起，也無從想像。在阿憲的身上，我只能感到一股類似英雄末路的淒涼。

那段期間，我從未曾看見阿憲的臉上有過笑容，唯一的一次例外，是收到女兒寄來的照片時。阿憲的兩個女兒，分別就讀於某個以培養演藝人員為號召的高中三年級和一年級。他很得意的告訴我，兩個女兒都已經和經紀公司簽約了，要往明星名模的方向發展。這位未來星爸不吝於將女兒照片的美貌予我分享，也已年過半百，實在分不太出來現在年輕小女孩的長相有什麼太大差別的我，當然只能連連讚美不已。

女兒和老婆都沒時間來探視，唯一經常和他會面的是母親。每次和媽媽見完面後，阿憲原本愁悶的情緒就會陷入更為強烈的焦慮沮喪，極度的不穩定。主管將他會面時的錄音檔案調出來聽了遍，才發現阿憲的媽媽來看他，從頭到尾只講一件事：你老婆如何的不安於室，如何的不守婦道，如何的不知廉恥……

原來，阿憲對自己太太的懷疑全部來自於母親。原來，婆媳兩人本就不和，勢同水火。原來，擔心老婆移情別戀的煎熬，統統都是會客窗口的間接傳聞臆想推論。這些源自於阿憲身邊兩位最親愛女性的「原來」，將原來已身陷監牢的他，推入了另一個更深更折磨的無間煉獄。

放不下又求不得的極苦

深受情緒煉獄折磨所苦的阿憲，完全不改其志持續他的固執，所以和同學之間爭執不斷、口角不斷、衝突也不斷。有好幾次，若不是迅即將雙方勸下來，局面可能就一發不可收拾。在監獄裡，對犯人的懲罰處分方式依其情節嚴重程度可以分成以下幾種：

一、**改配，不辦違規不扣分**。因為尚未達到辦違規的構成要件該當性，所以單純將犯人從現行單位轉調其他單位。但對我們內清、園藝這種所謂「小單位」的人來說，改配等於下放到一般工場去，就已經夠痛苦了。

二、**辦違規，扣分加上改配**。有違規行為時，SOP就是先銬起來送進又髒又臭又噁心的違規禁閉舍房進行隔離調查，等作成處分決定扣多少分數之後，再改配其他單位。

三、**移監，沒有違規或扣分等行為發生，突然之間毫無預警地，半夜（通常是一、兩點時）把犯人叫起，打包，帶出去，手銬腳鐐，連夜移到其他監獄去**。在三星，移監的地點大多前往台東的泰源、東城，移往綠島的也有。移監，不需要任何理由或說明，反正因為此監人數過多，必須予以調節。至於如何擇定人選，表面的說法是：電腦隨機抽樣選擇。事實上，大家都知道會被移走的，都是做壞事查不到證據，素行不良有傳聞沒逮到犯行，或是平時表現讓管理戒護幹部觀感欠佳的。總之，自由心證即是。

四、辦違規扣分加上移監，這是針對犯行重大的狀況所採行的最嚴厲處分。我在內清的兩年期間，發生上述四種情形被送走的人總共有七位。內清編制人員介於十二至十四個人之間，換句話說，一年之內出現改配、移監的機率至少有二十五％，平均不到四個月就要有一個人被送走。可見，在監獄中，安定安穩的生活，其實是一件十分不容易的事情。己不犯人，人會犯己，遭到違規處分的風險非常地高，因為動輒得咎的陷阱時刻都在身邊。

有些人以為，監獄是好比喜馬拉雅的雪山洞窟，或托斯卡尼天空下的修道院那樣可以不問世事的修行好處所，根本是一場誤會。這裡是人性最赤裸的地方，也是人格最脆弱的地方。

在衝突不斷、尚未違規的狀態下，阿憲被以第一種方式改配了。算起來，在內清前後待了不到兩個月。想起來，與眾人的摩擦和無法適應，源自於表象的固執，其實應該歸結於內心的「放不下」吧。放不下外面的妻子兒女，放不下昔時的榮光輝煌，放不下殘存的面子身段，放不下那承認虎落平陽的悲哀感傷。

和三舍樓下正好就是監獄裡特設的佛堂，供奉著地藏菩薩。吃素的阿憲，常在佛堂敬拜祈求得既勤又誠。或許，他向佛所求的，正好就是自己最放不下的那些人、事、物吧。佛陀所教誨的七苦八苦中，除了生、老、病、死這些不可抗力的自然現象之外，怨憎會、愛別離，是人和人的恩怨情仇所造就，另外，由人的「心」所製作形成的苦，就是「求不得」了。想求的，放不下，又得不到，真是苦極了。

於是人們轉而向佛來求，求佛實現那些他原本求不得的。如此這般的求佛，是讓人得以繼續活在希望之中，還是任令自己恒久陷在欲望裡頭呢？這樣的信仰，是否真的能有所寄託？是否真的能得到力量？是否真的可以見證奇蹟？還是求神拜佛，不過只是自我麻痹，自我逃避，自我欺騙而已呢？

越是深入佛理，越是看見這麼多人抄經求佛，我越是不懂了。不是每個人都有資質秉賦能夠領悟佛法奧義，不是每個人都能因緣俱足、可以得見空性實相，那麼，除了那彌足珍貴的一份誠心，如阿憲，如其他許許多多自認為佛教徒的人所表現的祈求之外，還少了什麼呢？或許，答案還是應該回到《金剛經》裡去找尋吧。

天真正義

——四七〇的故事

那些受害的人，不要說他們的正義如何伸張，他們的損失有機會得到補償嗎？又像在監獄這種環境，相對於四七〇的權益可以得到保護，其他人的權益就無所謂嗎？正義到底存不存在？或者正義是否存在，是看人、看地方而定？

「我們因為力行正義，而變得正義；因為力行節制，而變得節制；因為力行勇敢，而變得勇敢。」這是二千多年前古希臘哲人亞里斯多德留下的箴言。

每想起這段充滿人性理想、正面光明的話語時，總令我不禁要問：即便如亞里斯多德老師的老師蘇格拉底那般，遭受不實的控訴、冤屈的判決，甚至犧牲了生命的人，也毫無懷疑於正義、節制、勇敢，都能在人的「力行」之後就必定可以獲得嗎？即便如監獄這樣的地方，亞里斯多德的信念也能夠實現嗎？或是在獄中，若還以為正義、節制、勇敢這些美德仍得以力行而維繫，只不過是一種純然的天真呢？

大家都賭爛的「四七〇」

「四七〇被打成豬頭了！」這是一大早到衛生

科醫務室收運垃圾的內清同學帶回來的第一手消息。四七〇是一位受刑人。在這裡每個人都有一個數字，正式名稱叫做「刑號」，但同學之間都是以名字或暱稱相互叫喚。年紀輕的通常是「小」什麼，小白、小馬、小豪之類的，不然就是「阿」什麼，阿威、阿洲、阿盛之類的。至於年高德劭、德高望重、眾望所歸，大家自動在他的名字之後加個「兄」字的，則代表一份無以名之、不言可喻的敬意；在和三舍兩年多，這種人物只出現過一位。

至於這個四七〇，沒人願意以名字、暱稱叫他，可以想見，其人緣有多差，多惹人厭了。一旦聽說他被痛扁，和三舍的受刑人，尤其是他原先隸屬的內農藝組同單位同學幾乎人人額手稱慶，只差不能按個「讚」轉發更多人。

為什麼大家都這麼賭爛四七〇呢？原因之一是，他很驕傲。一副看不起旁邊所有人的樣子，老是強調自己某外省掛幫派位於台北的堂口份子身分，好像混兄弟也混得高人一等的自我良好感覺。原因之二是，他愛炫耀。經常向同學吹噓，在進來關之前所從事的非法行當，讓他多麼的有錢：存款現金兩億，房子別墅好幾棟，車子從雙B到超跑都有。

人家聊天聊到帛琉很好玩，他就插嘴：「我在帛琉投資好幾千萬蓋飯店！」人家談到孩子學測、指考升學志向，他就自行發表高見：「台灣教育太爛了，我女兒要送出國，正在考慮去新加坡還是加拿大！」儘管每天如此炫富，和人賭美國職棒才輸了兩排（八顆）電池就賴賬拖欠，就更令人不屑為伍了。

原因之三、最重要的是，他有一位在此地擔任科長的姨丈。一開始，四七〇被選到內農，就不是要和其他人一樣在田裡日曬風吹幹活，而是占個缺、內定去出任教誨師服務員（雜役）的。

監獄裡面的管理體制最重要的有兩大系統，一是戒護，另一個就是教化。每一個教區（下轄好幾個工場，涵蓋數百名受刑人）編制有一名教誨師，依據監獄行刑法，其法定執掌包括：教誨感化指導；文康活動辦理；累進處遇執行；刑期計算及假釋申報。

前二項對受刑人來說，可有可無，不算什麼。後二項則事關重大，非得斤斤計較不可。所謂累進處遇，就是每個人的積分。積分攸關級數晉升，也就攸關接見、通信、探親的次數和各項福利待遇。積分也攸關是否達到申報假釋的資格條件，所以絕對不能搞錯，即使差個零點一，受刑人也會跟你拚命的。

至於假釋申請就更不用說了，教誨師的意見，對假釋能否成功，當然有著關鍵性的影響。可以想像的，區區一位教誨師要負責一整個教區好幾百個人，所有的教化業務，單單紙上作業的文書工作就足以壓垮人了，還能顧及什麼個別輔導的次數和效果呢？難怪有些刑期短的犯人，從進來到出去，竟然從沒見過自己所屬的教誨師，也就不足為奇了。

教誨師的工作繁重，擔任他的雜役，當然也不會太輕鬆，但這仍是全教區最為人所豔羨的職缺。畢竟，整天待在室內、頂多就是打電腦整理資料，誰不嚮往？不用像內農每個人都被曬得烏漆抹黑，多好啊。偏偏就只有四七〇這個寶貝，去教誨師辦公室做了一天雜役就宣布他不幹了！理由是工作太多太煩，幹不了，不想幹！受刑人還可以挑工作的啊？這真是生平僅見的奇聞了。沒辦法，人家姨丈是科長，後台硬。教誨師雜役不想做沒關係，立刻安排改成擔任內農的文書，一樣不用去田裡風吹日曬。

憑什麼他能如此炫傲？

擔任內農文書的四七〇，繼續維持著他驕傲、炫耀的行事風格。本來各單位的文書職務，是一項為同學們提供服務的工作，可是服務供給的稀有化乃至獨占壟斷化，就是一種權力了。更何況，這位將服務工作轉換成特殊權力的人還自恃有著科長做靠山，異常高調地耍弄著手上的特權，變成了：看病打報告得看他臉色，買百貨食物得看他臉色，收發信件得看他臉色，就連可不可以帶罐頭（自己買的喔）回舍房吃都得看他臉色。

內農的同學人人敢怒不敢言，誰都知道和四七〇對抗，吃虧的一定是自己，下場肯定很慘。不滿和積怨只能一天一天地壓抑著，大家都在等，等著科長調職離開了，再給他好看。

四七〇坐牢的罪行是毒品，和監獄裡七十％的受刑人一樣。那麼，他憑什麼本事可以在此炫富呢？原來，毒品是他的嗜好，四七〇的本業是電信詐欺。據他自己炫稱，他的詐騙組織手下有一、二百人，電信機房和 call center 設在印尼的雅加達，在那裡租下整座的豪宅別邸當成作業據點，每天輕輕鬆鬆就可以入賬幾百萬幾千萬。

他很「專業」的告訴我，詐騙集團的行騙手法，從情景設定、話術設計，到應對技巧、教戰守則和訓練，都不斷地研發精進。所以，除非事先具有高度戒心，否則一旦上鉤，肯定會乖乖將錢匯出來。尤其是現代金融系統的轉賬模式實在太方便、太多漏洞、太配合他們實施詐騙的需求了。

當然，驕傲的四七〇除了「指點」我詐騙的 knowhow 知識之外，也不忘向我炫耀他在雅加達的行騙生活多麼豪奢揮霍。每天晚上到當地最高檔的夜總會「Suncity」太陽城，揮金如土，夜夜笙歌。反正，錢來得這麼容易，花出去，再騙就有了。看到靚的美眉，先包養起來再說。

一切只因有靠山

人算總不如天算，計劃總趕不上變化，沒等到姨丈科長調職，四七〇就出事了，狀況是：他打人。可能平時囂擺慣了，真的沒把任何人、任何事放在眼裡。

有一天晚餐時和一位同桌內農的起了口角，到了半夜兩人在廁所裡狹路相逢，四七〇就左手掐住對方脖子，右手揍了人家好幾下。打架難免會吆喝，搞得大家在睡夢中都被吵醒了。第二天，內農的同學們一致鼓勵支持這位受害人：一定要告，因為臉上、頸子都受傷流血了，有傷勢為證。

不告還好，告的結果令這位在眾人簇擁下提出申訴的同學後悔不已。打人的、挨打的，竟然得到一模一樣的處分：統統改配下工場，但都沒有辦違規扣分。理由是：經調閱監視器畫面顯示，挨打的同學在被揍的時候有舉手阻擋，所以也算打架，也要處罰。

天啊，誰被攻擊時不會有本能性的防護動作呢？這種打不還手的要求也太強人所難、太違反人性了吧。即便如此，主動攻擊的發動者又怎麼會和被動受害者的懲罰方式完全相同，打了人竟然可以不辦違規不扣分呢？沒有任何解釋，但是大家都知道，因為肇事者的姨丈是科長。

四七〇離開內農，離開和三舍，很快的，就像這個人從未曾存在過一般，再也沒有人提起他。但誰也沒料到，才經過三、四個月，「打爆豬頭事件」就發生了。這是一件精心策劃的計劃性行動。

在監獄裡，有兩種受刑人是天不怕地不怕、沒人惹得起、「無敵的」。一種是刑期很短，一年以下，不適用假釋規定，反正關到期滿才幾個月就回家了；另一種是刑期很長，但是被剝奪假釋資格，例如，在假釋期間又犯罪回籠，不得申請假釋。這兩種人根本不在乎被辦違規，就算扣再多分數也沒差，被送去違規房隔離更好，不用勞動工作；一般人只要違規被扣分，假釋通過至少會拖延半年到一年。和這兩種人起衝突，他們沒有這層顧慮，另一方則要付出慘重代價，誰敢啊？所以，這兩種人在監獄裡號稱「殺手」。若要預謀修理或有計劃性地採取報復行為，就買通安排「殺手」去執行。

正義與自由的想像

據說，四七〇改配下了工場之後，仍不改其高調，還是一樣驕傲炫耀，依然仗著後台有人撐腰，我行我素。於是，一位刑期長達十六年不得假釋，半年後就服刑期滿可以出獄的「殺手」出動了。特別選在這個時間點出手，顯然經過精密算計：下個月四七〇就能申報假釋了，此時製造事件，讓他假釋報不成。而且，聽說他的姨丈科長快調職了，讓他多關個一年半載，再來好好的對付他。

看起來真是天衣無縫的一場密謀行動，誰知，變化破壞計劃，天算打翻人算：豬頭事件的懲處結論很快就做成了，打人的辦違規扣分（當然，沒差啦，不痛不癢）。被打的呢？完全不予任何處分。咦？奇怪了，四七〇打人時，挨打的一起被處罰，換成他被打時，只有打人的才被懲戒。同樣的事件性質，同樣的故事情節，怎麼結局安排截然相反？這編劇導演也太大膽有創意了。或者，難道四七〇在被打爆成豬頭的過程中，雙手連舉起來防禦一下自己都沒有嗎？那麼，這演員應該獲頒奧斯卡獎。

記得有一次，四七〇曾經很怨嘆地說道：自己在服刑，看那些昔日同夥照樣在外面大發詐欺財，真不甘心。但是很奇怪，這些詐騙主腦一個個都命不長久，不是得癌症，就是意外身故。我聽著沒有做出任何回應。

對於這些用惡劣的手法，騙取無辜善良的人錢財，以別人的傾家蕩產換取自己糞土黃金的人，我不想從什麼因果報應、天理循環的角度去獲得那種阿Q式的安慰解釋。只是心裡覺得，這些不義之財使用起來，狂嫖濫飲耗竭無度，會以提早支付生命為對價，也是順理成章。

相對於那許多仍在法外逍遙的詐騙首腦，那些受害的人，不要說他們的正義如何伸張，他們的損失有機會得到補償嗎？又像在監獄這種環境，相對於四七〇的權益可以得到保護，其他人的權益就無所謂，懲戒處分的方式就可以任意而為嗎？正義到底存不存在？或者正義是否存在，是看人、看地方而定的呢？

獨立建國之際，偉大詩人泰戈爾曾寫下對未來印度如此的期許：「在這裡，所有人都抬頭挺胸，心中沒有恐懼；在這裡，知識享有自由；在這裡，世界沒有遭到狹隘的內部高牆分隔成零碎的模樣；在這裡，理性的清澈水流沒有迷失於僵固習慣的貧瘠沙漠裡；天父啊！請讓我的國家覺醒，進入這麼一個自由的天堂吧！」

在監獄中，面對類似四七〇的故事不斷地發生上演，卻仍想著亞里斯多德的正義和泰戈爾的自由，這樣的我，是否真的過度天真而不自覺呢？

存活至上
——老仔的故事

印度偉大的文學心靈泰戈爾，曾經於一九一六年訪問日本的演講中這麼說：「最悲慘的奴役狀態，就是被沮喪所奴役。這種狀態會把人綁縛在對自己缺乏自信的絕望當中。」

哈蘭・科本（Harlan Coben）是當代美國大師級的犯罪懸疑小說作家，他是迄今獨攬安東尼、愛德格和夏姆斯三項大獎的得主，被《紐約時報》讚譽為「天才作品」的創作者。

從以下這一段摘自他小說中的敘述，就令我覺得光環實至名歸：「牢獄生活最讓人深刻體會的，並非殘酷或厭惡；正好相反，這些殘酷或厭惡往往成了常態。一段時日後為了存活，心智會自我扭曲，任何事都可以變得正常。那是斯德哥爾摩症候群的怪異衍生物——存活至上。」

有誰看過六十歲老人被欺負到痛哭失聲的樣子？在監獄社會的最底層遭到霸凌、孤立、排斥、使役、喝罵、威脅……之下的情緒潰堤，而後，上述這段哈蘭・科本所定義的生存法則，就成為日常規律的一部分了。

監獄叢林的生存法則

「老仔」，已經六十歲的他，在除我之外都是二、三十歲年輕人的單位裡，這個不帶有絲毫敬意的綽號是名副其實的。除了年紀大，身體呈現老態衰弱之外，動作慢半拍、工作反應遲鈍、生活步調脫節，再加上有時漫不經心、注意力渙散，以及三不五時人之常情的偷懶摸魚，使得他從第一天報到開始，就成為眾矢之的。所有人，不管是先來的、後到的；在地的、外來的；毒品的、「香蕉」的；真正的黑道、假混的兄弟……人人都可以修理他，人人都可以支使他，人人都可以打槍他。

一個人被欺負習慣了，欺負他，就變成一件平常的事情。甚至，不論他是不是犯了錯，都可以找到欺負的理由、藉口。比如說，老仔去會客，有人就開始以他「會不會帶會客菜回來」做為賭盤下起賭注來。因為每週來看他的太太，根本不知道裡面的生態規矩，根本無從理解去會客卻空手而歸會是什麼處境，有時候只是單純探視沒有送東西進來，旁人的不滿，就用這種下賭的方式來表達，算是一種「高級」的霸凌方式吧。

下賭總有輸的一方（不管這次太太有沒有送食物來），賭輸的人，尋老仔發洩出氣，似乎就一副理所當然的樣子了。又比如，有一次太太來會面，送進來的只有兩顆滷蛋（大概是想說一個人吃，這樣就夠了）。兩顆蛋，怎麼分給同單位的十二個人？於是和老仔同桌的同學共同決議：從此以後大家都不吃你的東西，而眾人的會客菜你也別肖想。這樣的分化孤立，演變到後來，甚至要將老仔踢出去，自己一桌，沒人願意和他一起吃飯。

其實在其他人都是毒品或殺人犯的成員背景中，老仔應該算是唯一的普通正常人。但是，處在一群不正常的人之中，唯一正常的他卻變成唯一不正常的了。老仔是文化大學森林系畢業的，專長於土地測量，通過公務員考試進入地政機關服務，也取得了地政士的資格。後來轉任職於河川局，就在那裡出了事，被依貪污罪起訴，判刑八年半。

已經辦理退休、領了全額退休金才來坐牢的他，家庭生活美滿，兒子在竹科晶圓代工龍頭大廠當工程師，女兒法律系畢業正在考律師。這樣一位有著充分社會歷練，在外面世界也擁有關係人脈的人物，他的朋友、人脈、關心、照料，都只能到達監獄大門為止。在這裡面，完全沒有用。一方面，舍房之內的一切互動行為，管理人員根本看不到、管不了；另一方面，坐牢的年輕人個個不脫小屁孩習性，根本不吃誰交代關照這一套。總而言之，在叢林之中，就只能依照叢林法則生存。

老仔的生存方式就是儘量壓抑、克制、不要計較，沒有脾氣個性，認命守規矩。

他很想安分守己，很想低聲下氣，很想就這麼忍耐地度日子。可是，越是這麼想，就越是求之不得；越是軟弱畏縮，日子就越是不好過。看著他的境遇，令我想起了另一段哈蘭・科本的觀點：「若監獄真能教人什麼事，無非就是自我麻痺，學會不哭不笑，永不表露感情，禁閉自己。因為，感情一旦表現出來，不是被利用，就是被打壓。」

霸凌受害常態化

老仔的自我麻痹功力還沒有到達足以自我保護的境界，他會痛苦，會因痛苦而哭泣，至少在我面前就哭了三次。

第一次，是剛來沒多久的時候。眼見他每天工作不斷地出錯、不斷地被幹譙：垃圾分類搞不清楚、拖地吸水弄不乾淨、廁所馬桶洗不徹底……實在不堪負荷，難以適應。我特別找他談天，建議他考慮是否轉調去園藝，那邊老人多的是，他的身體狀況和其他老人比起來算強健的，工作又輕鬆，好混好摸魚。如果願意，可以請求主管安排調整、調動。

誰知，這老仔一口就拒絕，還擺出一副目視遠方、堅毅不拔的表情告訴我，他要證明自己，可以在內清和這些人相處，證明自己可以在內清的環境中生存下去。好吧，既然他這麼想效法世界偉人民族救星，旁人也愛莫能助。

第二次，是過了兩、三個月後。老仔主動找我哭訴，一把鼻涕一把眼淚地說大家如何的欺負他：工作上，繁重瑣碎的都叫他做；生活上，所有低賤打雜替人服務的事情都歸他包辦；心理精神上，有幾位同學幾乎不把他當成人對待，天天、時時、刻刻就是喝罵怒斥，像僕役、甚至像奴工一樣的慘無人道。

我聽了，先找來那幾位經常言語霸凌他的人，約束好停止、收斂這種行為，之後，再找來他同桌吃飯的桌長和負責安排工作的組長要協調生活事務和勞動分配時，這桌長和組長竟然跟我說，他們已經和老仔談過，老仔表示：原有既定的工作和生活責任負擔，他都覺得合理，可以接受，不必調整。這……這不是裝孝維嗎？怎麼在我面前哭訴得一塌糊塗，在桌長、組長面前又完全沒事了呢？

第三次，老仔又找我了。這次是一個比他晚來、照理講比他資淺的學弟，卻很不客氣地命令他做事，讓他心生不滿吵了起來。又開始無限上綱地，從兩個人的糾紛抱怨到生活事務勞役不均，工作勞動分配不公……並且，為當時沒聽我建議轉去園藝而表示懊悔不已。我想，這樣的存活模式對老仔而言，應該已經成為監獄生態中的常態了吧。旁人如果再干涉太多、介入太深，不就是個笨蛋了嗎？

老仔的「霸凌受害常態化」，殘酷地呼應了這一段也是來自於哈蘭·科本的看法：「監獄教你所有負面的求生之道。為了生存，你冷漠、自閉、孤僻，沒人會教你怎麼融入群體或力求上進。正好相反，你學到的是，誰都不能相信，你唯一可以放心依靠的是自己。而且，你必須隨時隨地，保護自己。」這段話，說的是老仔，或是已經幫助他幫到不能再幫的我呢？或者，說的其實是待在這種地方的所有人呢？

逃避絕望的求生之道

完全只能靠自己的老仔，他的求生之道，就是比逆來順受更為變本加厲的逆來順受，不管心裡有多少的憤怒、委屈、埋怨與不甘，統統不敢顯露出來。

在監獄裡，最辛苦（或者從某種角度看，最可憐）的，就是洗碗工了。大家吃完飯，碗筷餐具收拾起來一丟，休息去了。洗碗工則要冬夏不分地洗淨、擦拭、歸位；碗洗好，休息時間也過了。所以，通常是沒有人關心、沒有資助支援、沒有經濟條件、最最弱勢的犯人，才會願意用廉價至極的勞力去洗碗換取十分微薄的酬勞。

老仔，大概是為了求生吧，和三舍洗碗工缺了一名沒人願意做，叫他，他竟也接受了。然後，又是洗不淨擦不乾，動輒被責罵幹譙。看著他久而久之似也日漸習以為常的姿態，我心想，幸好此地的生存面貌和遭遇處境，老仔在外頭過著安定且堪稱幸福生活的妻子兒女，是完全不知情的。否則，情何以堪。

印度偉大的文學心靈泰戈爾曾經於一九一六年訪問日本的演講中這麼說：「最悲慘的奴役狀態，就是被沮喪所奴役。這種狀態會把人綁縛在對自己缺乏自信的絕望當中。」

泰戈爾或許不會明白，監獄中的斯德哥爾摩症候群現象，如老仔的求生之道，說不定正是逃避絕望的有效方法之一呢。

真實謊言

——阿為的故事

有一個現象始終令我不解：每一位新進同學一開始來到內清都和他很要好，好到異乎尋常的如膠似漆；過了一陣子，慢慢漸行漸遠；再後來就形同陌路，除了工作上必要的互動外，彼此冷漠以對……

韓國當代知名作家李正明，以日本殖民時期英才早逝的朝鮮民族詩人尹東柱做為主角，撰寫了一部百分之百以監獄為場景的小說《罪囚645號》（645，是尹東柱以思想犯遭囚於日本福岡監獄的「刑號」）。這部作品，在罪惡匯聚的地方，讓我們看見人性的善；從最污穢的爛沼中，綻放出閃亮美麗的詩篇。如此這般勵志人心的情節，使得我將這本描述真人實事的創作歸諸於「奇幻小說」類型。只有在那奇幻世界，人性，才得以這麼神奇崇高吧。

書中，在監獄裡遭受無情磨難的年輕天才詩人，倒是對監獄這種地方有著十分逼近寫實的剖析：「我們所生活的世界（監獄），充斥著謊言、污穢和罪惡。但，如此的矛盾，也襯托了我們的生命。矛盾不是謊言，而是強化真實的一種方式。」換句話說，在詩人的眼中，倘若抽離了謊言，倘若不這麼污穢罪惡，這個囚禁肉體和靈魂的地方，也就不這麼真實了。

不被承認的「總」字輩人物

阿為，是內清的組長。在此，要先談一談組長的重要性。監獄裡各個單位都有著這樣一位犯人之中的頭頭角色，台語的專門用語最是精確傳神地表達出此一身分職務的特性與功能，叫做「總組ㄟ」。這一「總」字，清楚地勾勒出組長的份量意涵。就像國家領導人，叫做總統或總理；立法院黨團領袖叫做總召集人；企業決策者叫做總經理，若不夠威就叫做總裁；打仗的叫做總司令；建設的叫做總工程師；在街頭抗爭推拒馬跑給鎮暴警察追的，也要有個總指揮。反正，職稱上有個「總」字，就表示到頂了，沒人比他更大更權威了。

每一單位的組長，被稱為「總組ㄟ」，就完全合乎此一命名學原理邏輯。組長的職權機能，涵蓋所有獄中活動的面向，包括：一，調度工作內容及每個人承擔的份額、項目；二，安排生活事宜，各種吃飯、睡覺、洗澡等細節；三，分配資源，從冷熱水、冰塊、百貨、食物到會客菜；四，維持紀律和秩序，令所有人依規矩聽命服從；五，解決紛爭，仲裁衝突歧見，化解對立相抗。由此可見，組長的管轄範圍是無所不能，沒有死角的；組長的權力運作是全天候、二十四小時，沒有休止的。有的單位或舍房，組長的權威甚至高張到犯人想要大小便，都得先向組長報告徵得其同意才行。

做為這樣一位「總」字輩的人物，沒有相當的條件，恐怕也扛不起這個責任。擔任組長的人，大致上必須具備以下資格：一、工作能力。尤其是有組織力和計劃性的做事方式，讓一個龍蛇混雜的團體能夠順利運轉，並且達成業務指標的要求；二、人格特質。不夠強悍，沒有決斷力，缺乏恩威並施的手腕，甚至少了一點翻臉無情的冷酷性格，會很難駕御底下這群作奸犯科之徒；三、後台背景。組長本身在外面社會的身分、輩份，以及所屬組織團體的實力，加上人脈關係所形成的影響力，可以滲透到監獄的封閉環境中的話，就能強化鞏固領導的基礎；四、和單位主管的關係。即便做為組長，畢竟本身還是個犯人，如果不能得到單位主管的信任、授權和支持，能力再強，個性再悍，背景再硬，也統統歸零。

在這裡，主管的一句話，可以愛之令其生，惡之令其死。任何單位的組長，其實都是該單位主管選任的；組長的權威，是主管撐腰撐出來的，或放任不管放出來的。但有時候，反而主管沒有組長就管不動犯人，兩者之間形成一種相互倚賴共生的詭異關係，也是很常見的情形。

事實上，組長位居監獄食物鏈的最上層，也可說是站在各單位官僚體制的最前緣，此一頭銜角色是不被正式承認，甚至三令五申、明令嚴禁其存在的。獄政管理體制檯面上矢口否認「犯人管理犯人」的現實，但又迫於「實務需要」而不得不睜隻眼閉隻眼地默許默認。

每個單位，在組長一人之下，有獲選穿背心擔任服務員的正式雜役，負責各項行政文書作業。再往下，是因人設事的黑牌雜役，人數不定，擔任管理輔佐或特定指派工作。比如說，分發、保管所有人每天時間各自不同（清晨起床；早餐前、後；午餐前、後；晚餐前、後；晚上睡前。一天至少八次）所應服用的處方藥物，就有一位專責黑牌雜役叫做「藥頭」。雜役之下，還有各房房長，再往下是各桌桌長（這些房長、桌長和組長一樣，也是獄政機關不予承認且禁止的「地下職銜」）。如此，架構出獄中的自我管理體制，形成了完整的食物鏈生態。組長，就是其中不可或缺的必要角色；沒有他，天下肯定大亂。

不出問題，不代表沒事

阿為出任內清組長的原因，和上述一般工場單位的狀況不太相同。內清只有十多個人，沒有那麼複雜的階層體制，沒有那麼繁重的管理需求，也沒有那麼麻煩的人際關係，只要把工作做好應該就沒問題，不像一百多人的工場非得要重量級大哥才鎮得住眾人。

一年前組長出缺時，適逢一半以上內清的同學都在那段時間申請假釋獲准回家。恰好阿為的年紀最合適（四十五歲），在內清待得最久最資深，而且刑期最長，以後還會待很久（販賣海洛英的重刑毒品犯，判了十多年）。再加上他入獄前，原本就是鄉公所的清潔隊隊員，做垃圾清理分類的頭頭，算是適才適用，發揮所長。

果然，阿為在工作方面的表現不負所望，他的績效可說是我所遇見歷任內清組長之中最好的。舉凡在：計劃與分配，例如清潔打掃的動線安排、區域劃分；獎勵與福利，例如休息時間和敘獎加分的爭取；或者資材管理與設備維修，例如電工修理照明，機工修理掃地機，木工修理儲貨架，油漆工粉刷牆壁天花板，阿為都能一手包辦。總的來說，整個內清的工作運行在他的指揮領導之下，十分順暢地上軌道作業。

阿為這位組長做得相當稱職，只是有一個現象始終令我不解：每一位新進同學一開始來到內清都和他很要好，好到異乎尋常的如膠似漆——每支菸都一人抽一半，每天一起窩在床上打鬧、在棉被裡打滾；過了一陣子，慢慢漸行漸遠；再後來就形同陌路，除了工作上必要的互動外，彼此冷漠以對。反正沒有起衝突，沒事就好。雖然覺得奇怪，我也不去細究，在這種地方凡事以不出問題為最高指導原則。

見光死的「人性大悶鍋」

誰知道，悶得太久的問題，一出就是很大條。

事情是從A爆開的。A就是典型那種和阿為本來要好到褲帶綁在一起，但後來不知為了什麼而「分手」的案例。和別人不同的是，A並非甘心兩願仳離的性格，反而怨懟憤恨難平，於是將阿為和他之間曾經私下做過、說過，見不得人的事情一一爆料曝光，公諸於世：「我一來，他就叫我的菸給他抽，他要把我當做自己人，其他B、C、D、E他們是另一掛的。還教我怎麼去檢舉B偷看色情電視，告發C偷傳香菸去違規隔離舍房。陷害C被改配移監到台東，就是阿為指使我幹的。還說以後要怎麼對付D、E還有F……」

C被移監的原因，大家一直毫無頭緒。如今真相大白，所有人，不只內清，其他單位和C交情友好的犯人也忿忿不平地要替C討回公道。其中，最火大、反應最激烈的就是B了。B本來也和A一樣，和阿為像情人般膩在一起，他萬萬沒想到，兩人關係淡化之後，阿為竟然這麼陰險的對付他。更何況，當初看色情電視的，阿為自己也有份。

消息傳開當天，B就要找阿為翻臉幹架，被勸制以後，還是氣到調至別桌開伙，從此拒絕和他一起吃飯。B、C的事件尚未平息。D、E兩人也跳出來公幹阿為。D很受傷的是，他最配合組長的工作指示，所有粗重艱難的任務：消毒全監、清理水溝、掏化糞池，都派他，為什麼組長還要聯合新來的人密謀修理他？

E則是很不平衡地說，他是洗碗工，每個月辛苦洗碗賺來的電池，都任由阿為取用，無限量供應孝敬他，為什麼他也說我不和他一掛，要對付我？最後連性情最溫和、唯唯諾諾不敢和人爭的F也發出不平之鳴：「我櫃子裡面的東西，組長都不告自取，吃的喝的都當做他自己的。本來我喝麥斯威爾即溶咖啡，他喝。我改喝西雅圖濾掛咖啡，他也改喝這種。我把我的咖啡收起來，他還斥責我：咖啡收到哪裡去了？」

這些事情，我竟然統統不知道。看起來，內清同學中沒有被阿為予取予求並且立為攻擊暗算目標的，只有我一個。而不曾和他「要好」過卻又感情生變的，也只有我一個。歸納起來，總結而言，阿為和眾人的關係可以整理為：拉幫結派，搞小團體；由愛生恨，分化異己；暗中搞鬼，背後算計；順我者生，逆我者亡；打擊對立，消滅異端；欺善怕惡，軟土深掘；貪小便宜，吃相難看。這樣的形容語彙綜合在一起所建立的人物形象，怎麼和中國明朝的歷代皇帝，或歐洲中世紀教廷庇護下的大公諸侯如此接近呢？

維繫心中希望的一種掙扎？

阿為是家中備受父母親寵愛的么子，有兩個能幹的哥哥，協助父親經營全台灣規模首屈一指的「代耕農」業務，以全機械化機具受託的代耕面積，是以幾百甲起算簽約的。

從小不學好的他，家裡動用各種關係讓他謀得了鄉公所清潔隊的工作，沒料到他吸毒吸到金字塔頂端的毒品「海洛英」。每天沉淪毒海入不敷出，從吸毒變販毒，而且是利用清潔隊的垃圾車，搭配收取清運垃圾的路線，沿街販毒。

直到眾人的不滿爆發之後，我才知道阿為從不動用自己保管金帳戶裡的錢，填請購單中請買任何東西。從洗髮精到衛生紙，從泡麵到水果，他都是用別人的、吃別人的，卻還是每個月寫信回去跟他媽媽說自己沒錢花了，趕快寄錢來。

擔任文書的B證實：阿為的保管金帳戶餘額已經累積到將近十萬元了，是內清所有同學之中最高的。這樣的行為令人百思不解，D說，難道是要存下來出去之後買毒吸食用嗎？

在內清生活的這兩年多，我總是告訴大家：我的東西，全部都是公用的，不管吃的喝的，統統自己拿，不必事先徵求同意，也不用事後道謝感恩，我的就是大家的。所以，東西到底誰用了、拿了、吃了、喝了，我完全狀況外，應該情有可原。只記得阿為有一次跟我說了兩句名言，倒是印象深刻。他說：寫信的目的就是「每逢佳節寄八千（這是匯票的規定上限），祝我財源廣進。」

李正明的《罪囚645號》書中這麼定調獄中人犯的行為：「卑鄙，是他所能做的最好選擇。至少，比絕望要好。」難道，阿為的種種令我費解行為背後，其實是他維繫心中希望的一種掙扎？我沒有答案。至於阿為這樣的「總組ㄟ」，未來是否會引爆一場韭菜花革命或監獄的春天之類的抗爭，也只有時間才能證實了。

輯二

高牆內，趨近真實的虛幻

接受命運，不代表時間久了，
做為囚犯也能自在起來。
接受命運，不等於總有一天，
做為囚犯會變成和牆壁融為一體。
接受命運，不表示從此之後，
做為囚犯最像動物的表情，就是令人絕望的笑。

時間：2014.2.～2016.6.
場景：宜蘭三星監獄

和三舍

——特種部隊小單位

外界一定很好奇，這些人不是毒品就是搶劫殺人，怎麼做到大家相安無事？怎麼可能每個人都能達成至少最低限度的和諧尊重？說實在的，這很難解釋，是一種感覺氛圍與習慣，好像就很自然地變成這個樣子……

和三舍是三星監獄最大的單一舍房，足以容納八、九十個人。聚集了：園藝、農藝、搬運、營繕、水電、內清，六個所謂的「小單位」。如果監獄像一座小城市的話，這些小單位就是維持這小城市運作基礎機能的人力配置；這些有背心可穿的人，形成一股得以在監獄內穿梭活動的特殊族群，工作形態、生活方式、戒護管理強度，和其他三千位一般受刑人，有著雲泥之別的差異。

不見天日的恐怖工場

先從一般受刑人的狀況談起。

三星監獄編制收容人數約兩千兩百人，但實際上都擠進快三千人，超收比例幾乎一直維持在百分之三十五左右。這是很可怕的，表示：原本容納八個人已經很窄的狹小空間，必須在房內多塞三個人睡地上。晚上變成沒人敢上廁所，因為要踩過地上的人才行；而且上完廁所原先躺的位置空間可能就不見了。

一般受刑人都分配到工場。三星有「一工」到「十六工」，至少十六個工場，依刑期長短分配，最短的在一工，依此類推，長刑期的都在九工以後。所謂工場，不過就是一間像教室大小的房間，勞動作業、洗澡、午餐都在裡面。本來每間工場收納一百至一百二十人就已經很擠了，現在要裝進一百五十人以上，其恐怖程度可想而知。

在工場的受刑人是不見天日的，每天只能來回於舍房和工場之間。頂多每星期可以到戶外曬一次太陽，三十分鐘而且還經常被取消，例如天氣不好或以其他各種奇怪、不知所以的理由。所以，那些剛從工場調到和三舍的人，全身、尤其臉色，都是蒼白的，帶來的被褥都是發出臭味的（在工場至少一個月以上才能洗床被單，小單位是高興的話天天洗也可以）。

工場做的事類型很多，有折紙袋、拜拜的紙蓮花、耳塞、牙線棒、泡泡水⋯⋯都是不用頭腦的工作，但是每人每天有一定的配額要完成。而那些額度，基本上都是設計到讓人不停地做才做得完的數量，因此會發生一種荒謬現象：剛來的、或動作慢的人做不完，只好利用中午休息時間做（工場中午是不能回舍房，沒午睡的）。

可是依規定，中午要休息不能做。怎麼辦？好吧，不能在桌面上做，准你在桌子底下做。

工場非常擁擠，各項資源短缺，人性的卑劣就很容易發生。四個人坐一張長條板凳（多擠啊），不小心坐過去一點，或是碰到旁邊的人，就打架了。夏天酷熱，小單位冰塊多到用不完，拿去倒在小便斗裡融解（比照高級餐廳）。工場裡，每人一天平均分配到三塊二立方公分的冰塊。誰多拿一塊，就打架了。洗澡，以水池內壁貼的磁磚形成的線條控制集體用水量，再限制每個人的各別用水量。誰多用了一盆，就打架了。

當生物被限制在很高密度而又狹小的空間情境下時，彼此攻擊、互相殘殺的頻率就會急遽升高。再加上各項資源供給不足，每個個體之間的關係就更加緊張，一觸即發。這就是台灣監獄的實況和常態，在這樣的地方待久了，人當然會變傻、變遲鈍，這也是一種適應生存的本能。所以，每一個從普通工場調來小單位的人都說：「像是從地獄直升天堂。」沒有人想再回去。

特種部隊裡的特種部隊

六個和三舍的小單位，也存在差異性。農藝（二十四人）就是種菜，最辛苦；園藝（二十四人）就是除草，也辛苦。兩者都是在戶外工作，日曬雨淋都要做，每個人都被蚊蟲叮得很厲害。搬運（九人）就是苦力，各工場的原料和製造的成品，都由他們裝貨、卸貨、推拉運送。營繕（九人）其實就是泥水建築工程隊，哪裡要做工事就去哪裡；夏天基本都在各樓屋頂做隔熱，熱沒怎麼隔，倒是每個人都曬得像非洲黑奴一樣烏漆抹黑；水電（六人）最具有專業技術含量，從修馬達、發電機到通水管、裝電扇都靠他們。可奇怪的是，選進水電組的，幾乎都是經濟上十分弱勢（用洗碗換取生活用品的人都是他們），而且每個人的刑期都很長，難道這樣等於另一種延長保固服務期限的方式嗎？

從上所述可知，和三舍小單位算是三星監獄的特種部隊。而小單位之中，以工作內容來說，最複雜的就是內清：雖然不用在戶外風吹雨打曬太陽，勞動量相對而言卻比較大；有固定的作業環境，但又必須四處去各工場單位串門子活動。許多單位因為需要內清的協助，就多多少少會提供一點小小的方便福利。例如炊場廚房廢油回收要靠他們，所以假日就會特別煮麵疙瘩或涼麵給內清當做耽誤午餐的補償；

又例如合作社廢電池、紙箱回收要靠他們，因此每天有什麼水果，就儘量優先供應內清採購。

內清，算是特種部隊裡的特種部隊。而在內清十四人之中，在勞動作業上，又有著明確的責任分工。有十個人是一般清潔人員，組長帶隊，收運各舍房垃圾，回收分類，以及各個公共區域的打掃，都是這些人做。另外有兩個人負責的工作是「資源回收場作業」，不需要做打掃清潔，主要是可再生垃圾的管理，以及庫房各項用品、器材、設備的保管。回收場作業工作繁重，大家相互合作承擔，彼此（有默契的）支援，皆大歡喜，氣氛愉快又融洽。

外界一定很好奇，這些人不是毒品就是搶劫殺人，怎麼做到大家相安無事？怎麼可能每個人都能達成至少最低限度的和諧尊重？說實在的，這很難解釋，是一種感覺氛圍與習慣，好像就很自然地變成這個樣子——有人會扮演類似「照顧者」的角色，照顧每個人最需要的那個部分，照顧單位整體的福祉權益，形成一股足以穩定人心情緒的力量。甚且，這個照顧者的聲望和影響力還會擴散，和三舍其他小單位的人遇到麻煩或有問題時，也會來找他幫忙（當然，必須很有分寸，很有原則，不輕易出手）。

至於我自己，則是另一類型的化外之民。平時與人保持距離，不和人瞎攪和，久而久之可能也製造出一些神祕感。有一次我在打坐，一位管理員想叫我，我眼睛都還來不及睜開，就有人立刻跑去跟管理員說：「不要吵，他已經入定了！」害我想起身問有什麼事，都因「已經入定」而不能。不知道每一位入世的修行者，是不是都會歷經類似的過程。

我完全無意在這裡造就任何的地位和關係，只想平靜的過自己的生活。我的心思，只放在外頭所愛的人身上；在這裡，一切恍若虛幻的流轉生滅而已。

有背心可穿的犯人

一來，他就顯得與眾不同，有一股特別的氣質，一種強烈的、真正黑社會的兄弟氣質。人長得很帥，可以當偶像歌手，眼神卻是殺手才有的銳利。犯什麼罪進來？槍砲彈藥條例，被破獲擁有一座小型軍火庫。

「背心」，在監獄之中，是一樁意義重大的事情。象徵一種身分，一種不同於一般受刑人的地位，當然，也形成一種特殊的責任和義務。這件一般犯人羨慕嚮往的尼龍製品，受刑人通常以台語稱之為「戰甲」，可見價值不菲。

監獄內各種遴選出來的服務人員，依其工作性質的區別，各以不同的顏色製成他們的「戰甲」。普通的工場舍房，一百多人之中只有五～六名以前叫做雜役、現在稱為服務員的受刑人有背心可穿。當然，這幾個人在工場舍房中必定是高人一等的。品德較差者，免不了開始頤指氣使、作威作福起來，而這類人通常也是最會對管理員逢迎拍馬、搖尾乞憐的。這些一般舍房雜役的背心是黃色的。

至於其他的專業單位，各有各的背心顏色。炊場（廚房，約五十人，最是辛苦危險的地方，全年無休）是粉紅色的；合作社（大約三十人，就是一個內部手工作業的物流中心）是黃綠色的；科室——調查科、戒護科、衛生科、總務科、教化科（每一科室約四人，合計二十人）是紫色；搬運隊是桃紅色，營繕和水電都是咖啡色，至於園藝、農藝、內清則全部都是一樣的綠色。

每一件背心前胸後背都印著單位名稱和個別的編號，如此構成一套十分有效的色彩辨識管理體系：什麼顏色背心的人，在什麼時間，可以出現在什麼地點活動，一目瞭然。沒穿背心的受刑人出現，旁邊又沒有管理員戒護，二話不說，就是有問題。而穿著背心的人，在監獄內部的區域就能夠暢行無阻。（但炊場的人依然只能待在廚房日復一日地煮著沒完沒了的三餐，只有推車送餐時可以出來，一長列供應三千人的數十部餐車，頗為壯觀；合作社的人則必須分揀挑配各式日用物品百貨，只有送貨時可以出來，每天一次推出供應三千人訂購的送貨推車一長列，也頗為壯觀。比較能自行活動的，只有科室和「小單位」的背心人員。）

「內清編制十四員」來歷

內清共有十四件背心，表示編制是十四員。可是，人員流動實在很快，經常處於未能滿編的狀態。十四個人之中，一個文書，坐辦公桌，雖然不必勞動，可是業務量很大，每個人每天買東西、寄信、看病……各種需求和疑難雜症都要他負責。比較弱勢一點的文書，就會動不動被打槍修理：買來的香蕉太青澀，被罵，去替換；換回來，太熟成，再被罵一次，其悲慘可想而知。

一般工場舍房的文書能夠頤指氣使、作威作福，在內清是絕對不可能出現的現象。此外，十四個人之中，有兩個「資源回收場作業人員」，不必出去收運垃圾和清潔打掃，但必須落實做好垃圾分類，同時負責管理倉庫內堆積如山的各種清潔用具和藥劑，平常就守在沒人看得見的資源回收場，做自己的事。

至於其他十一個人，有一位組長，負責分配並指揮調度其餘十個人的工作，而且還必須身先士卒地親自做給大家看，所以這位組長必須年紀比較長一點，做事積極又大嗓門那種人，才叫得動所有人。

綜上所述，可以得出一個結論：內清之中大家最想爭取的位置是哪一個缺？就是資源回收場作業人員。

每一件背心上頭都有編號，號碼先後次序和年資排名之類的完全無關，純粹就是哪個號碼出缺就找人來補進那件背心號碼。以下，就依序將內清人員狀況一一略微簡述：

背心一號，刑號本來是一〇一，後來變成三三〇三，阿寶。宜蘭四季南山部落原住民，開卡車運高麗菜維生，被山老鼠雇去運送盜伐的木材，違反森林法判三年，罰金一百八十萬。他很煩惱：服刑後，太太不告而別、下落不明，一個小孩丟在部落獨自生活，天天吃泡麵。已經獲准假釋了，他的媽媽看他為了老婆兒子煩惱不已，要求他大哥為他繳納一百八十萬的罰金，本以為一旦假釋就能回家的，誰知道假釋准了，家人卻遲遲沒去繳款，只好直接改個刑號留下來繼續以坐牢抵罰金。

後來才知道，哥哥的兒子駕車肇事要賠償對方，沒錢來幫忙繳罰金了。於是，他目前正以一天五千元的速度在累積身價，累積到今天的外號叫做十五萬五。我覺得這樣稱呼太俗了，又覺得他已經如此資深，不宜再以「阿寶」喚之，建議大家統統改稱他「寶哥」；接下來，若家人仍沒來交錢贖人，改稱「寶叔」。過完年如果還在，就升格叫「寶爺」。最後，倘若真要留下來一整年，就叫做「寶貝」。

背心二號，大象。真正的大流氓，林口人，年經時因殺人服無期徒刑，這次又因為恐嚇綁票進來，幾乎這一生都在坐牢（除了跑路去大陸十年通緝外），那件曾轟動一時的桃園市長擄人勒贖案件就是他幹的。

背心三號，小傑。他是唯一家世清白良好、念過大學的，媽媽是小學老師。有一次我問他，有沒有想過自己為什麼走上吸毒這條路，他說沒有。我說：「好好想，想出答案告訴我。」過了幾天，他終於有了答案：「媽媽管太嚴，想逃避。」這真是個令人傷心的答案。

背心四號，就是我。五號是Mark，阿雄，販賣毒品，年紀雖輕，卻是和三舍最強大的地下勢力領導人。背心六號是阿盛，體重上百公斤卻身手靈活的胖子，也是毒犯。

背心七號，阿為。四十多歲，因販賣的是海洛英一級毒品（自己也吸毒），遭重判十多年。海洛英非常難戒，他自己也說出去後難保不再碰。金山人，家裡種田。會私下亂搞，已經被教得滿乖了。

背心八號，阿毅。預定接任組長職務，販毒加吸毒，也是金山人，和阿為是小學和國中同學，到了這裡才又見面：「你怎麼也來了？」大剌剌的大嗓門，工作和指揮能力都不錯。心地善良，沒有心機。

背心九號，阿富。販毒，一九八七年生，三峽大板根遊樂園再往上，山裡的「有木土雞城」老闆獨生子。一天到晚吵吵鬧鬧耍寶，但工作認真，而且很會察顏觀色。工作能力最強，一心想接資源回收場的位置，可是主管反而因為他能者多勞而不願意讓他太閒，令他非常失落。他來內清之後，好幾次和別人起衝突，差點被送到違規房隔離懲戒。是那種心裡十分感激、嘴巴不知怎麼表達的人。

背心十號，阿洲。年紀還不到當兵就進來關，就是個孩子。我知道他內心對我的崇拜，好幾次提起想認我當乾爹，我都故意轉移話題。因為，我的兒子只有一個，而有這樣的一個兒子，就完全足夠了。不過，阿洲倒是做了許多我兒子不曾替我做的事，我的衣服、褲子、外套、背心，都是阿洲自動自發幫我洗的。

背心十一號，新來的文書，文乾＝無鉛，所以綽號95（無鉛汽油）。犯侵占罪的老實人，剛來沒多久，做事態度不錯，滿認真的。

背心十二號，阿東。內清的「總組」，三重黑社會，走私毒品罪。大家叫他東哥，我叫他阿東。做人圓融，講道理，個性爽朗，愛說笑，很會帶人。假釋尚在申請中，未核准前，幾個月來，正努力地將內清的工作模式傳承交接給還要在這裡待很久的我們。

背心十三號，小豪。睡我下鋪，才二十四歲，毒品，也是從未成年時就不斷進出感化院、觀護所的傢伙。實際上，根本和阿洲一樣，仍是個稚氣未脫的孩子，常常想和我說話，問我各種問題，可我總是點到為止，實在沒時間說太多。

背心十四號，阿聖。和十三號一起，最晚進到內清來。一來，他就顯得與眾不同，有一股特別的氣質，一種強烈的、真正黑社會的兄弟氣質。人長得很帥，可以當偶像歌手，眼神卻是殺手才有的銳利。犯什麼罪進來？槍砲彈藥條例，被破獲擁有一座小型軍火庫。實際相處下來，可以肯定他的人格特質：聰明、懂事、有分寸，暴烈性格已經被磨練到隱藏在禮貌和裝可愛的外表之下了。

很快的，他就充分理解內清的工作方式和原則。是以，主管徵詢大家誰來接資源回收場位子時，眾人一致推薦阿聖（因為首選的阿富主管已經表示拒絕）。主管對他的兄弟氣息非常擔憂，最後還是接受了群眾的建議，不過條件是要能確保阿聖會服從規矩紀律。當然，犯人約束犯人，還是犯人最有把握。

獄中的日常

——作息與階級

若以A～D分為四個階級，階級的高低序列，從進出舍房拿東西就可以清楚識別。真正的大哥，手上是從來不拿東西的，一定是C、D的人替他拿。在這樣的日常作息中，和這樣的人物一起，我活著。

內觀和閱讀是我在內清生活的重心，而這重心，是配合日常作息步調形成的。

在weekdays，早上六點三十分起床點名後，第一節內觀，（別人在盥洗、抽菸、上廁所），約二十～三十分鐘。同學們打好早餐布置妥當了，吃飯。飯後，第二節內觀，也是約二十～三十分鐘。八點左右，開封，上工。八點半開始，分成三趟，去將全監三千多人一整天所製造出來的所有垃圾用手推車運回來分類整理。一般人很難想像，那份量、重量、種類可以多到什麼地步。監獄裡，是沒有什麼垃圾減量的。

上午十點左右垃圾運回來分類完畢，所有人帶著各式清潔用具整隊去監獄內各公共區域打掃（包括所有的廁所）。工作做完之後，洗個露天澡，可以利用空檔開始看書。上午看的，一直是《菩提道次第廣論》。到十一點多，大家回到回收場，十一點三十分回到舍房。午餐我是不吃的，通常以一根香蕉解決。先看書半小時（這時餐後洗碗、抽菸、上廁所，人聲嘈雜），等安靜下來後，第三節內觀靜坐，約一小時。下午一點左右，開封，上工。

每週一、三、四，下午一點半到三點，所有人也是帶隊去各區域清潔打掃。如果有休息的機會，就是專用於看英文書、查英文字典的時間。

每週二、五下午兩點，鄉公所清潔車來運垃圾，大工程。垃圾搬上車，清洗通常有蛆的垃圾堆置場，所有人一起動手。這時，若是週二，我通常在接見會面，週五，還要幫養孔雀魚的魚缸換水。每天下午三點半洗澡，夏天就直接在回收場洗露天浴，冬天帶隊去炊場澡堂洗熱水澡，四點半回舍房，收封。

五點吃晚餐，五點五十分晚點名結束，就可以爬到上鋪床位看書，直到晚上八點，最後一次點名。這段時間，算是整個和三舍的快樂時光，下棋的，看電視的，嗑瓜子聊天的，剖西瓜鳳梨的……鬧烘烘。我只管看我的書，沒人來打擾。九點到十點我會看電視，通常是半小時公視的節目，半小時國際新聞，十點第四節靜坐內觀，一個小時，到十一點睡覺。

假日最多人做的事

假日期間，一般受刑人是最苦的。從週五傍晚收封，直到週一早上開封，都被拘束在舍房之內不能出去。還好內清週六、日上午八點，有六個名額可以出來，加班收垃圾，順便活動身心加上洗澡。除了這一個多小時活動以外，每個週六就是我寫信的日子，通常寫到中午之後。寫完信，看書，內觀靜坐。週日，全天看書、內觀靜坐。這是我，其他人呢？

舍房內能做的事有限，最多人做的事就是「吃」。泡麵是集體行為，麵包、水果、肉乾、各式飲料零食，三不五時還會包「飯糰」。是的，飯糰，有菜脯、肉鬆、酸菜，只缺老油條，沒關係，用可樂果蠶豆酥代替，大家都說口感很像（我吃過一次，覺得有點噁）。吃的方面，我的欲望很低，平日只吃早、晚餐，除了水果和每週一次的麵包，其他零食一概不吃。至於假日更自虐，只吃早餐，午、晚餐以水果取代。所以，最愛的是香蕉，最有飽足感，最止饑。

和三舍在二樓，二樓就是頂樓。經過白天太陽照射後，回到舍房時正好和悶燒鍋差不多，沖水洗澡已經不是為了清潔，是為了降溫。晚上睡前如果不沖涼，根本沒辦法入睡。問題是舍房內是禁止沖澡的（理由是要節約水），怎麼辦？舍房每晚八點二十分才開始供水，會有人把水龍頭水管接好，洗浴用品備好，偷偷快速沖澡，而另有一個人，則站在浴室門口把風，看管理員有沒有來（同時也達到不讓別人進來洗的目的）。以上就是大致的生活模式。

每一天都要努力存活

談完生活，再談一下組織階層。每個單位之內，最小的組織叫做「桌」。桌，是吃飯的團體，除了同桌吃飯，也是工作、生活的共同體。內清十四個人，分成兩桌，週六、日出去活動，一天這桌，一天另外一桌。所謂「公用百貨」像是沐浴用品、早餐吃的罐頭、衛生紙……等，都是以桌為單位計算分攤購買費用。每一桌乃至每個單位之內，「人」的階級序列井然分明。通常越晚進來的，階級越低，就要做最多事，最髒的、最累的，都是階級低的做。像是回舍房時提水桶、冰塊，洗澡時拿沐浴用品和所有人的衣服毛巾，都是新來的人要做。

同一桌。若以A～D分為四個階級，階級的高低序列，從進出舍房拿東西就可以清楚識別。最重的或是公用的東西，都是D級要搬運，以此類推，A組只拎塑膠袋。至於真正的大哥，手上是從來不拿東西的，一定是C、D的人替他拿。這就是三星監獄的實況，在這樣的日常作息中，和這樣的人物一起，我活著。

每個單位或是每個工場，都會有一個非正式的職稱叫做「總組」，其實就是那個單位的頭頭。這個總組，如果實力夠（比如說是比較大尾的流氓），幾乎就是該單位的統治者。如果實力不夠，至少也是得到管理員支持的，在工作上由他分配調度。

此外，每個舍房還有各房依階級序列（或其他實力原則）產生的頭頭。不過，和三舍因為單位太雜、人數太多，並沒有一個統一號令的領袖，比較像戰國時代，群雄各起，軍閥混戰。

〈番外篇〉
阿寶要注意

主管要大家幫忙注意一下阿寶。

阿寶的身材體格是梯形的，身高一五八，體重介於九十九到一一〇之間。雖然全身是肉，但是很能做事，所有粗重的活，從操作洗地機到揹著噴筒灑消毒水，都是他。垃圾堆裡發現死老鼠，也只有他敢直接拎著尾巴拿去處理。

雖然任勞任怨，但最被欺負的也是他。不僅誰都能指令他做事，更是眾人開玩笑的對象。阿寶愛吃，給他吃的來者不拒。每次我買的麵包，一人一個之後，剩下都是他的，最高紀錄曾經一口氣吃八個。於是有一次，竟有人做了一塊三十乘二十公分的牌子，讓他掛在脖子上。牌子上寫著：「請勿餵食。」

我知道了之後，這種事不會再有第二次。旁人對他的欺侮或是歧視，其實他心裡都清楚，只是，他已經習慣於任何事情都笑笑的接受。

有一天，唯一無法笑著接受的事情發生：他老婆跑了！服刑以來，這是阿寶一直在擔心的，終於證實了。證實的方式是今年即將升高中的唯一兒子寫信來，說很久之前就知道媽媽已經有男友，不會回來了，只是不敢告訴他。兒子說：爸爸，我們要在一起好好生活。

主管擔心阿寶想不開，他的擔心是有原因的。主管在調來內清之前，長期掌理「隔離舍」，也就是犯則房、違規房。直到出了一件事：一位他手下的雜役，收到太太寄來要離婚的信，當天晚上就結束了自己。這件事，令他被調職處分，或許，也在他心中留下一塊不小的陰影。

其實，不只我在注意阿寶，近日來，內清的每個人都在偷偷盯著他。大概因為這種事在監獄裡太普遍常見了，大家都會「提高警覺」。除了盯著，還有更多的關心。眾人關心的方式，就是給他更多的食物，然後建議他去「買」個年輕的外籍新娘。願意幫阿寶介紹管道的，超過內清人數一半以上。（為忠實呈現原始情境，使用涉及歧視用語，非作者本意。）

前天我問阿寶：「阿寶，你這輩子還有三件事要做，知道是哪三件事嗎？」

他想了半天說：「只想到一件，就是要把孩子養大。」

我說：「第二件事是要報答你的父母，給他們老年的生活過好一點。第三件就是你自己出去以後，要好好工作存錢，老的時候才不會變成小孩的負擔。」

阿寶回說：「對喔！」

「這三件事認真做好，再去娶一個更適合你、對你更好的，讓你老婆後悔也來不及。」我這樣說，阿寶笑得頻頻點頭。

阿寶的獨生子，即將要借住在他姊姊家，進入羅東高工就讀。這件事沒發生前，我心裡就在想：能不能給這個孩子一點幫忙？不過得阿寶願意接受又不覺得被施捨才行。

我的說法是：我太太的公司有一個獎學金，一個月五千元，這個名額剛好有一個可以給他的兒子。阿寶非常高興（其實心裡也知道獎學金只是幫忙的理由），給了我孩子的郵局帳户。

今天，我告訴阿寶自己對《聖經》的體會：「我們每一個人遇到的困難都是神創造的，但是，在我們困難的時候，神其實一直陪伴我們身邊。」

阿寶是虔誠的基督教徒，他說：「進兄，你不只可以當牧師，還是長老了。」

阿門！

三星孤島十大美食排行榜

老媽媽真的不知道，對於受刑人來說，「社會」的味道就是夢寐以求的滋味。泡麵的味覺口感，可以像家鄉巷口麵攤的那一碗乾麵一樣，那，不正是日日朝思暮想的味道嗎？

失去自由的人，很自然地，會出現一種整體性的退化現象，退化到每天所關注的、在乎的、計較的，都是那些很原始的本能需求。

我一直認為，這是無可厚非的事情。畢竟在牢籠之中，空間、時間以及資源，都處於極度壓縮的狀態，能夠從事的活動極端受限，而提升自己的智能和心靈境界，又是那麼辛苦艱難的工作，於是追求最簡單的欲望滿足，是最容易、最理所當然的行為表現了。

監獄中最重要的感官活動，首推口腹之欲。吃東西，吃好吃的東西，更厲害（或者也可以說更悲哀）的，吃「和社會上味道一樣的東西」，是受刑人尋求食物的極致目標。

進來三星之後，非常驚訝於這裡的伙食真的不錯。三千個人，全年無休的三餐供給：主、副食品、蔬菜魚肉，都要兼顧平衡、份量充足、口味合格，實在是一件不容易的龐大作業。

試想：三千多顆茶葉蛋要怎麼滷？（每月至少有一餐）又，三千人份的小白菜要怎麼炒？（每天午、晚餐都有蔬菜，幸好技術設備進步，這裡的青菜不再是用大鍋子以鏟子下去炒，而是用機器「燜」出來的。）一個不小心搞砸一頓飯，說不定就變成群眾事件，壓力真的很大。所以，首先應該向炊場服務的人員致敬，他們的工作是最辛苦的。

接下來要列舉的三星十大美食，分為公家提供和受刑人自製（或自購）兩大類，前者列於後段，後者列於前段，共選出十項依序排名如下：

公家提供的No.10～No.6美食

No.10：薑湯。這是一個謎：什麼時候、在什麼樣的氣溫標準之下，薑湯會出現？到目前為止，不管是關了多久的犯人，也沒人搞得清楚。有時天氣沒那麼冷，也會提供。有時溫度不到十度C，卻沒有供應。無論如何，宜蘭近山的三星冬天，能在早晨出門上工前就喝上一杯滾燙的薑湯，是會讓人心中感激油然而生的事。這兒的薑湯，以「濃烈」二字形容最為恰當，顏色深黑紅，薑味辛口，紅糖焦香，暖意十足。

No. 9：無骨香雞排。完全去骨的雞肉，裹上麵包粉油炸，外皮香酥，雞肉因為已經以佐料醃過，即使將外面油炸粉皮去掉，仍然很入味，香嫩可口。每人限一份，通常在午餐時供應。因為長年不吃午餐，所以我這一份雞排就成為同桌同學的福利了。

No. 8：筍絲豬腳。炸雞我不吃，豬腳可是我的偏好。這裡的豬腳賣相實在難看，黑黑醜醜的，可見是完全真材實料，沒有添加任何人工色素、化學原料去讓它變紅變亮變好看，直接就是豬腳加上醬油下去滷。重點是，八角的味道完全透入豬腳之中，十分軟爛Q彈，快要達到入口即化的水準。連燉豬腳的醬油都已經變成濃稠的醬油膏，非常下飯。

No. 7：蔥油餅。每一個約莫手掌大小，厚度超過一．五公分（不是薄薄一片那種），麵糰裡確實地摻了許多三星蔥的切段。煎成金黃色，稍微有點焦的，更好吃。這時我們會自行調製搭配的醬料，通常是：醬油膏＋蒜頭＋辣椒，或者加上一種叫做「三星上醬」的本地特產辣椒醬，更是絕佳風味。蔥油餅出現的那一餐，通常伴隨著火腿玉米濃湯。不過這裡供應的湯，幾乎沒有好喝的就是，都會讓人聯想到洗碗水。

No.6：也是公家伙食中的第一名，包子。這是向宜蘭員山鄉某家包子廠商訂購的，雖是大量生產的商品，卻有手工麵食的口感，麵皮很結實有彈性，一點也不會鬆鬆垮垮的。內餡有兩種：肉包餡料肥瘦比例恰到好處，湯汁的油不會膩（有湯汁就是不簡單的啦），菜包餡料就是滿滿的高麗菜絲炒過的，鹹淡恰到好處。包子一律每人菜、肉各一顆，每一顆和我的手心差不多大，兩顆吃下去就飽了。不過老實說，我只吃過一次，嚐嚐味道，因為也是在午餐供應，我都捐出來做公益，大家都很高興。

以上六～九名的包子、蔥油餅、豬腳、雞排，大概各項都是每個月供應一次。至於排名次序，是我遍詢基層民意，綜合歸納得出的結論，應該能夠正確反應此地群眾的心聲。

受刑人自製或自購的No.5～No.1美食

No.5：豆腐乳。乍聽之下似乎沒什麼，豆腐乳有什麼特別的？其實它很重要。在這裡，一個星期有四天的早餐固定是稀飯，配一樣菜（筍干、醬瓜之類的），所以，做為稀飯最好的朋友——豆腐乳如果能隨時陪伴在側，豈不是一件增添許多風味的事？

再者，不要以為豆腐乳不過是買來開罐即食就好，犯人可是嘴巴又刁又很有創造力的。販賣的豆腐乳又辣又鹹不甚可口，我們會買來之後，重新醃漬。辦法就是加黑糖下去浸泡，直到完全滲透為止，如此，豆腐乳的味道變得香醇無比，以我這樣的豆腐乳愛好者，過去都沒遇到過這麼美味的。

No. 4：雞排漢堡。這是三星監獄福利社附設的麵包房所提供的產品，限量的。比如說：一個單位可以分配到二十或三十個配額不等，兩個月左右一次，會事先詢問各單位訂購的數量。這項食物我滿喜歡的，材料扎實，雞排用的都是腿肉，辣味的，不比麥當勞差。只是送到我們手上時，都已經冷掉了而已。每次我都訂到配額上限十五個，同學一人一個，又可以因此創造出滿足而小小快樂的一天。

No. 3：巷口乾麵。一般人會以為，不過就是一種速食泡麵嘛，憑什麼可以名列十大美食第三名。在此先說一個真實故事：有一位受刑人，人近中年才進來坐牢，從前在社會上也算是一號人物，生性嗜好美食，所以在監獄裡整天就是在想念哪裡又哪裡，有什麼多好又多好的吃食。

這個人未婚，很孝順，從小和單親媽媽相依為命。只有一個姊姊，為了他坐牢，也沒結婚，代替他在家裡照顧老母親。前年監獄的福利社開始販賣這一款由統一所生產的「巷口乾麵」後，他買來，一吃之下，驚為天人！「太好吃了、太美味了，這輩子從來沒吃過這麼好吃的乾麵。」

於是，終於等到姊姊來探視，他迫不及待地再三吩咐姊姊：「這種麵太棒了，務必買回家給老母親嚐一嚐。」姊姊依言而行，在便利超商買了，回家泡了，老母親吃了，說：「這個兒子，真的是關太久，關到口味都壞掉了。這麵，和我們家巷子口賣的不是差不多嗎？哪有多好吃？」

老媽媽真的不知道，對於受刑人來說，「社會」的味道就是夢寐以求的滋味。泡麵的味覺口感，可以像家鄉巷口麵攤的那一碗乾麵一樣，那，不正是日日朝思暮想的味道嗎？這巷口乾麵，在求真求實的體驗精神下，我吃過一口，真的，超～像麵攤煮出來的麻醬麵，超～好吃。趕快，去便利超商買回來試試看吧。

No. 2：監獄自製飯糰。為了追求「社會的味道」，犯人們無所不用其極，像飯糰這種平常生活中毫不起眼的東西，在監獄裡卻得大費周章才能做得出來。這其中涉及材料的複雜性及取得的難度，再加上製作時的手續，一點也不得馬虎。一顆飯糰，首先要將正餐提供的米飯留下來，讓它形成適合的黏度和彈性。內餡，則必須匯集：

肉鬆、酸菜、花生粉，以及最重要的~油條（沒有油條就以可樂果蠶豆酥替代），有時還會加入滷蛋切片甚至煎蛋，真是豪華吧。

備妥食材後，展開捏製程序，也是一大奇觀：一夥人各司其職、井然有序、責任分明地分工合作，別看這一顆小小飯糰，要做的漂亮有型口味棒，還真沒那麼簡單。

既然飯糰可以做得出來，那麼壽司呢？當然也可以。不用懷疑，監獄自製壽司也已經研發成功了，是真的用醋飯下去做的喔。只不過缺了外層包覆的海苔，味道就是有些怪怪的。就像以蠶豆酥替代油條的飯糰，這股「不得已」的滋味，我想，正是監獄生活的味道吧。

No. 1：第一名的美食是——將~將~將~將~旗魚米粉！這道「料理」又和巷口乾麵故事的主角有關係。這位美食達人、民間老饕，累積過去遍訪各地珍饈小吃、山珍海味的經歷之後，你知道他在監獄中最最想念的食物是什麼嗎？是台北延平北路、永樂市場的「旗魚米粉」。他經常掛在嘴邊：如果出去，一定要直接殺過去，吃上一碗。

為了暫時解決如此強烈的渴望，於是他研發出近乎奇蹟的自製旗魚米粉：以統一肉燥米粉的速食米粉做為基礎，加入去油之後的罐頭海底雞（其實是鮪魚吧），創造出來的旗魚米粉，真是幾可亂真。

這套工法看似簡單，其實含有大量獨特的knowhow：米粉要用多熱的開水，沖泡多長的時間，才能造就和真品十分逼近的口感；湯頭要多少的水量；加上多少份量的海底雞；罐頭的油必須瀝去多少、加入多少；使用速食米粉調味包來調味要斟酌多少份量（在獄中，胡椒粉是違禁品，因為曾經發生用來攻擊戒護人員眼睛的案例，所以遭到禁止持有）。以上這些項目的比例都必須精確地調配，稍微有點拿捏閃失，整鍋米粉湯的口味就走掉了。

調製完成後，再加入幾段自己栽植的新鮮綠蔥，真的，活生生的永樂市場旗魚米粉就誕生了。同樣，為了秉持實事求是、親身驗證的精神，我曾經毅然決然地試吃過一小碗，大概三口的份量，的確美味，神似程度只能以鬼斧神工、天衣無縫來形容。我很鼓勵這位同學，出去之後不要再走回頭路，乾脆開一家「監獄美食餐廳」，應該可以生意興隆、門庭若市。

特別貢獻獎：三星監獄自種蔬菜

除了上述十大美食排行榜之外，我真正最愛的食物，值得頒發特別貢獻獎的，是「三星監獄自種蔬菜」。在這裡，綠色蔬菜反而是最難得稀有的，於是我們自己栽培了少量的蔬菜。長成了，取得最嫩的部分，像是韭菜、蔥、或是一種叫做皇宮菜的綠色菜葉，用開水川燙，只要加上醬油，就很美味了。因為在這裡面，最能夠感動味蕾的，就是「新鮮」啊！

本來，我就不是一個會挑剔食物的人，進來之後，更是反其道而行的將各種原始本能的欲求降至最低，將吃東西單純化約成只是維持生命的手段，在欲望滿足的需求上，做個更簡單的人。在這個米其林指南試吃員難以潛入抵達的地方，這份美食排行榜，就算是一份代理調查報告吧。

〈番外篇〉救命珍品巧克力

這件事情發生在三月底的某個星期三。

當天早上一起床肚子就不舒服，心想：應該腸胃炎吧，果然，開始腹瀉。上午照常進行我每天自行規定的健身課程，那天是一百下的滾輪「全套」加五百下的深蹲，再加上一百下引體向上。

腸胃炎嘛，沒什麼最好的方法，就是不吃東西，杜絕油膩食物。於是中午就只吃了香蕉、芭樂。到了下午三點半要收封進舍房時（當天提早收封），在樓梯口排隊，突然間，全身發抖忽冷忽熱，盜汗、無力，臉色發白，頭暈想吐。撐不住全身重量，雙腿發軟只好蹲了下來。

勉強忍耐進了舍房，意識逐漸渙散之際，聽見一位內清同學說：「進兄，你要不要吃顆糖？」我才驚覺這是血糖過低的現象。回說：「把我櫃子裡的巧克力拿來。」剩下三片，這是農曆過年才有得買的「年貨」，純度七十二%的巧克力，保留到現在，是珍品中的珍品。一口氣把這三片都吃掉，沒多久，症狀就逐漸解除了，一切生理現象恢復正常。

原來，我一直把注意力放在腸胃炎上，為了讓肚子休息不吃東西，沒想到引起血糖過低，差點就暈迷了。也是因為經常餓肚子，從來沒有這種狀況發生，根本缺乏心理準備。這讓我想起教父第三集，年老的二代教父麥可到梵蒂岡會見那位仁厚聖潔、後來成為教皇的紅衣主教時，在梵蒂岡的花園中血糖過低發作的情形。老邁的艾爾．帕齊諾軟腳、手發抖、站不住、拿手帕擦汗，每一個動作，真的，完全淋漓盡致地演出了我那個星期三的樣子（或者說：我把艾爾．帕齊諾的演出學得太像了？）。

吃了巧克力、在床上躺了好幾個鐘頭休息之後，雖然身體因為腸胃炎還很虛弱，但至少意識清醒，行動能力無礙。下床打開我的置物櫃，赫然發現：裡頭竟然擺了兩（大）堆理論上應該早已絕跡的珍品巧克力！

原來，內清的年輕人看我吃巧克力有效，在我仍昏睡休息之際，一個單位一個單位、一床一床地去「道德勸說」全舍房同學：只要有這種巧克力的，統統交出來！沒想到，本以為已經絕跡的珍品，大家私藏暗槓的還真不少，如今全部都「被」貢獻來了。

這幕「保命巧克力搜刮大行動」我沒有目睹，不知道那場面是否有些近似納粹黨衛軍在奧許維茨集中營命令猶太人，把身上藏的鑽石統統乖乖交出來的情形。至於這些沒讀什麼書、只會打殺鬼混的年輕人，該不會不知道珍品巧克力和普通森永牛奶糖，對於血糖過低的緩解效果是完全一樣的吧。這一點，我得再找機會了解一下。

監獄裡的貨幣交易體制

我買的各式食物零食，大家都可以自己取用，不是東西價值的問題，是不需要在物質東西上區分彼此的互動模式。這樣的模式，造就了回歸到純樸人性的相處經驗，反而每一個人都生活得更簡單更快樂。

自從人類進入資本主義市場經濟體制以來，做為全球通行貨幣使用的，先是金本位時代的黃金，後是美元本位時代的美元。即使如今美國已經不再保證美元兌換黃金的效力，但美元仍是全世界貿易投資交易公認的通貨，同時是大多數國家的儲備貨幣。

而在台灣的監獄之中，則存在著兩種通用貨幣，構成了「香菸本位」以及「電池本位」的交易體制。這奇特的貨幣準用現象，是怪異扭曲的行政管理規範加上人性的欲望貪婪共同造就出來的。

電池香菸本位制度的世界

香菸和電池都是監獄內的稀有物資，因其稀有，加上對絕大多數的人而言，兩者均不可或缺；當然還要具備可流通、可保存、價值穩定等基本特性，創造了做為貨幣使用的條件。

依規定，香菸每個人每個月最多限購十包（十包就是一條，一包二十支，只有長壽一種品牌），每個月以「二包－三包－二包－三包」的數量，分週領取。所有的菸不管是購買還是領用，都須登記管制。一個月兩百支菸，平均一天七支不到，對抽菸的人來說根本不夠。

於是，沒抽菸的人就使用自己的購買額度，將買來的菸轉售。本來長壽菸的價格是六十元一包（漲價之前），轉售公定價是兩百元／包，等於一個月以六百元成本購入一條十包，賣兩千元可以淨賺一千四百元。買的人怎麼支付這兩千元的對價呢？就以替賣方購買他指定的百貨用品食物等，買足這兩千元的東西給予他做為代價，或請外面的親友匯款到賣方的帳戶，以及用寄匯票的方式支付。

電池也是管制物品，依照各個受刑人的等級所能購買的電器，而有不同的申購數量規定。像我剛進來時只有刮鬍刀，所以每個月只能買兩顆電池。現在有了小電扇，可以多買十二顆，於是一個月最多可買十四顆。每顆電池在領新的時候，都要同時把舊的繳回才能領，以證明你的電池沒有給別人去了。

為什麼要管這麼嚴？因為電池是裡面僅有體積小、價格高的物品，每個人又都不夠用，所以經常被拿來做為賭注。受刑人窮極無聊又多是社會上的壞胚子，關在一起沒事正好賭博，輸贏就賭電池。這些人什麼都能賭，世界杯足球賽、美國大聯盟棒球，算是比較正經的。自製骰子乃至翻書猜頁碼奇數或偶數，無奇不有，甚至可以一天輸贏好幾萬顆的電池。這麼多怎麼用啊？欠著，出去以後再還。

電池四顆一個包裝叫做一排，十排四十顆叫做一條。一條就是四百元，因為一排四十元。OK，電池本位、香菸本位交易體系成立。價格表如下：

每天三餐洗碗，一個月，電池半條或香菸一包；洗衣服、內衣褲，每天換洗，一個月，電池一條或菸二包；換洗被單，每週一次，一個月，電池半條或菸一包；換洗床單、枕頭套，同上；擦地板、換洗腳踏布，每天，一個月，同上。

總而言之，一般性的勞動服務都有公定價格，且都是以電池或香菸計價。這不是電池／香菸本位制度，那是什麼？

特殊的尊重所形成的對待關係

不過在這裡，也不是任何付得起電池或香菸的人，就一定可以獲得以上這些勞動服務，還得有人願意承攬業務，願意為你服務才行；如果你的為人處事被認為不夠格，有電池、香菸也沒用。

假設每個月請兩個人分工幫忙做事（從洗衣服到擦地板等所有事），總共要支付三條電池（一千兩百元），可是沒那麼多電池如何是好？一樣，幫忙買他們要的等值食品百貨等東西來支付。這就是為什麼會面時，常會請家人買很多東西的緣故。像貝納頌咖啡、滿漢大餐、泡麵之類，不是自己要喝要吃，都是用來抵償電池的勞務對價。

一般沒有家屬經常來會面的人，事實上也沒辦法像這樣以實物抵代。因為在監獄裡面寫單子申購東西，每週限額只有兩百元，怎麼可能用來付「薪水」。必須有外面定期且持續不斷的支援，才能做到按時付款。

除了上述勞動服務之外，其他的地位待遇如不用做雜事、不用拿東西、不用打飯菜……這許多的「不用」，則不是用電池、香菸能夠交易來的，而是一種特殊的尊重，為了表示敬意所形成的對待關係。

在這個電池本位／香菸本位的世界裡，貨幣、交易和勞動、服務的供給需求互動，是很微妙的。身分不到那個被認可的程度，想花錢（電池／香菸）雇人服務，不但沒人肯，還會被嘲笑。甚至，如果做人不被認同和接納，連要提供物資給人，都不見得被接受。

我剛來內清時，每週買的麵包會吃不完而有剩。後來，每個星期三中午，我的麵包到了，所有人不約而同有默契地湊過來一人一個消滅掉。那種感覺，是一種自己完全被接受認同的氣氛。

所以，我買的水、咖啡、舒跑，以及各式食物零食，大家都可以自己取用，不是東西價值的問題，是不需要在物質東西上區分彼此的互動模式。這樣的模式，超越了電池／香菸本位的監獄交易體制，從而造就了回歸到純樸人性的相處經驗，反而每一個人都生活得更簡單更快樂。

消滅貨幣金錢、消滅市場體制的社會主義烏托邦，是否就是類似這樣的簡單快樂呢？

我不知道，也不想知道。

金錢買不到的東西

真正的價值，是建立在「敬意」之上的。若非出自於真實的敬意，那些兩百元換不到的服務，做的人會做得很勉強，受的人會受得很奇怪……它形塑出一種氛圍，讓你接受那些超越兩百元基準的價值服務，徹底得理所當然。

我身處的地方，貨幣、金錢的衡量更為真實精準，人的價值觀及價值感也更為透明，清晰得近乎殘酷。

在外面的花花世界，若我們問：兩百元可以做什麼？可以做的太多了，例如搭計程車、喝咖啡、吃牛肉麵……答案不勝枚舉。可是做不到的也很多，這一點錢實在沒太大用處，一場電影、一本書、一節按摩……都不只這個數。

而在我身處的地方，問：兩百元可以做什麼？答案就很簡單了。可以有人幫你洗一個月的碗筷加上吃飯的鍋盆，一天三餐外加任何時候你吃泡麵或沖奶粉麥片，反正用完的碗筷食器，往桶子一丟，就幫你洗滌乾淨，一天二十四小時，一個月三十一天，兩百元。

這就形成了一個衡量基準，兩百元的勞動產出價值就是如此。於是，我們再問：在我身處的地方，一千元可以做什麼？答案是可以：一、每天替你洗餐具，一個月；二、每個星期週末幫你換洗枕頭套、毛巾，一個月；三、隔週替你換洗床單、墊被套，並曬乾，一個月；四、每週把你的床位擦洗乾淨不留一點灰塵，一個月；五、每天將床位周圍的地板擦乾淨並清洗你的踏腳布巾，一個月。以上五項加總正好一千元，因為每一項都是兩百元。所以說，兩百元是此地的勞動基準價值。這是身處此地，用貨幣的等同價值，可以交易交換得來的服務。

金錢買不到的用心服務

更多的價值，更多的服務，就超乎了交易交換的準則，是就算用多少個兩百元，也不見得有人會願意做，甚至不可能有人做的。這些更具價值性的服務，包括：每天早中晚三餐吃飯，鋪桌布、排碗盤、打飯菜，統統準備妥當了，有人會來請你移駕用餐；待你坐下舉筷，大家才開動。飯後，你放下碗筷走人，收拾自有人處理。

每天中午回房，有人會問你今天要吃什麼水果，想吃柳丁就切好，想吃蘋果就洗淨。每天下午回房，有人會幫你把茶泡好，至於咖啡，是在工作場所喝的，另有專人每天上工時替你沖泡。每星期親友探視替你買的百貨食物，有人會替你清點、搬運、整理、保管。連你的電動刮鬍刀，都有人會定期用依必朗清理清毒殺菌。更不用說只要一出大太陽，棉被、墊被、枕頭就會被拿到戶外曬上一整天，並且鋪好恢復原狀。

這些事情、這些服務都不是建立在兩百元的價值交換原則上的，甚至有人為你做這些事情，都不能是你要求的，都是必須在你毋須吩咐、交代、命令的狀態下，有人自動自發、心甘情願為你做的。做得很自然，不著痕跡，如此方能顯出這些服務真正的價值，那是金錢所買不到的東西。

記得《教父》第一集電影一開始的情節場景嗎？馬龍白蘭度飾演的第一代老教父在自家豪宅嫁女兒的婚禮，外頭庭院眾人正熱鬧的歌舞賀祝，教父在他光線暗淡的書房中，一位義大利同鄉的葬儀社老闆前來哀求，替他被強暴毀容的女兒報仇。教父跟他這樣說：「你啊，怎麼現在才來找我呢？我們不都是西西里人嗎？為什麼你以前從來不曾邀我到你家裡喝上一杯咖啡呢？你以為你奉公守法、事業成功，有法律保護你，有警察保護你，就不需要我這個朋友了，是吧？」

真正的價值建立在「敬意」之上

這傢伙起先搞不清楚狀況，還問說要出多少錢，才能讓教父出手為女兒復仇。教父要的不是錢，他必須彎身下腰親吻教父的手背，以這樣的儀式行為，表達對教父的「敬意」。於是，女兒的仇才得以報復。

是的，真正的價值，金錢買不到的東西，是建立在「敬意」之上的。若非出自於真實的敬意，上述那些從吃飯到曬被，那些兩百元換不到的服務，做的人會做得很勉強，受的人會受得很奇怪（至少會覺得不太舒服）。況且，若不是眾人都對你懷著敬意，只是其中一人對另一個人的奉承諂媚，那麼在群組團體中也會非常怪異，甚至可笑，反而成為被輕視嘲諷的根源。亦即，這種「敬意」是一股集體意識，是一份共同認知，它形塑出一種氛圍，讓你接受那些超越兩百元基準的價值服務，徹底得理所當然。

我不太愛和人互動，除了自己單位的夥伴，其他單位的人有些不得不有所往來回應，只因為他們表現出了真誠的善意。這些好意，有時會以基隆廟口的豬腳或是三星蔥油餅的方式，有時會以松子腰果夏威夷火山豆或是麻油雞、薑母鴨的形態，跑過來表達。一律，我只接受、留下他們的好意、善意，物質的東西都讓旁人去分享。然後，不願欠人家任何點滴，得到三分，就趕緊回贈五分；基於此，不得不產生最低程度的往來互動。這是另一種「爾愛其羊，我愛其禮」吧。在這裡，我只理會對我存著善意、好意的人。

至於，身處此地的我，正式的工作勞動是否也產生了具有金錢貨幣意義上的真實價值呢？當然有，我們做事是有勞作金、有收入的。多少？一個月一百五十元，每月以二十個工作天計，我的勞動收入一天是七塊五毛錢。我的價值，就是一天七塊半啊！

敬意，可以讓一個人成為教父。但只有愛，才能讓一個人堅強勇敢。

監獄的醫療和藥物使用者

受刑人若有慢性疾病，每天乞討式吃藥倒也無妨，最恐怖也最可憐的就是在監獄裡生病了。許多疾病家醫科根本無能為力，監獄內的門診其實只能問診，沒辦法進行任何檢查，總是吃藥看看會不會好……

話說，之前我一直將經常爬上床咬噛身體的螞蟻視為受刑人在此修身養性的天敵大患，後來才明白這樣的困擾，可算是茶壺裡風暴層級的程度。在這裡，螞蟻算什麼？真正厲害的是虎頭蜂。

和三舍園藝組有一位大家都叫他「猛虎」、沒人知其本名的傢伙，平時工作認真無比，再高的樹都是由他爬上去整修。

上星期正要修剪一棵矮灌木，誰知樹叢裡有蜂巢，虎頭蜂群不用多，派出四隻，以迅雷不及掩耳之勢攻擊他，不到三秒鐘，還猛虎咧，立即倒在地上抽搐昏迷，真是猛虎難敵虎頭蜂。管理人員馬上用擔架將猛虎抬出去，送醫院急救。

到了晚上，猛虎回來了，我問他：「怎麼被叮的？」

猛虎：「根本不知道！快得看不見，根本躲不開。」

我：「什麼感覺？」

猛虎：「痛啊！痛得不得了，比蜜蜂叮到痛了不知道多少倍！」

旁人告訴我，今年度猛虎個人被蜂螫了三次，前兩次是蜜蜂。猛虎親自更正：「不是三次，總共被叮了八次，不過虎頭蜂是第一次。」反正，全三星監獄和蜂結怨最深的就是他啦。

猛虎昏迷送醫，監獄的專有名詞叫做「外醫」。平日週一至週五，監獄內有羅東博愛醫院的醫師來門診，主要是家醫科，做的多數是感冒或慢性病開藥這種一般性診療。也有牙科，不過據說很可怕，牙醫師的唯一治療方法就是將牙齒拔掉，聽說還經常拔錯顆（真的，眾人言之鑿鑿）。

乞討「發藥」&腳鐐「外醫」

在監獄裡，受刑人的健保費由政府編列預算支付，自己只負擔自費部分。雖然每個人都說醫師很兩光，看了沒效，可是大家還是很愛看病，有事沒事就掛號看診，每天衛生科門診裡面都大排長龍，比台大醫院還要壯觀。

看病的程序是：受刑人打報告要求看診→送件掛號→等通知（通常三～五天）

↓到現場排隊。看完診，開立的藥統一由衛生科送到每個單位的主管那兒保管，主管每天按時將每個人要吃的藥發給處方對象。亦即，不能讓受刑人保管藥物，要防止有人想不開或肚子餓，一口氣把一週或一個月的藥統統吃掉。

以內清為例，平時必須吃藥的人數都維持在半數以上：有腸胃的、高血壓的、血糖的、尿酸的，還有一、兩個沒病也要拿藥來吃的，所以「發藥」變成一件例行的重要工作。假日時，發藥時間一到，和三舍門口就擠了一大堆人，一手拿水杯，一手像乞丐一樣手心向上，等候主管把藥倒在手裡，看著你當面吞下去（怕你偷藏起來，累積一大堆，等想不開或肚子餓一口氣吃掉）。

做為受刑人，若有慢性疾病，每天乞討式吃藥倒也無妨，最恐怖也最可憐的就是在監獄裡生病了。許多疾病家醫科根本無能為力，監獄內的門診其實只能問診，沒辦法進行任何檢查（當然，也沒有儀器設備），總是吃藥看看會不會好，忍耐著、拖著，等到病況實在嚴重，不能忍、不能拖了，才能送「外醫」（緊急狀況是否達到送外醫程度，由戒護管理人員判斷）。

送外醫，也就是戒護就醫（和「保外就醫」完全不同，不能混淆了），由兩名戒護人員穿防彈背心押送，生病的受刑人不管是坐輪椅還是躺擔架，不管是昏迷不醒還是喪失行動能力，一律在手銬之外還要上腳鐐。腳鐐，是很麻煩的東西，它不是鎖上去或扣上去，而是用一種特殊工具將鋼釘打上去接合的，重量超過三公斤。

受刑人「送外醫」到了醫院，就在眾目睽睽之下，拖著腳鐐手銬看診檢查。如果住院，就是一手銬在床側扶手，雙腳腳鐐中間鍊條鎖住床尾，身上腰部再用一條很長的鐵鍊捆起來繞過床底綁在床上，吊點滴、大小便，都是銬在病床上進行。

試想：如果平常人家裡的寵物犬，被用這種方式纏繞捆鎖在狗屋裡，依據動保法，主人會有什麼責任？據說曾有一位已經截肢的受刑人送外醫，還是給他釘腳鐐。但只剩一隻腳，怎麼釘？把兩個腳鐐鋼環釘在同一隻腳上！反正，只要送外醫，腳鐐非釘不可。是以，在這裡，真的沒有比健康更重要的了。

濫用藥物的代價

從醫療聯想到的就是藥物濫用問題。毒品的氾濫，造成如今各地監獄大爆滿的現象。以三星監獄為例，可收容編制人數約兩千兩百人左右，卻經常塞了三千個人，超收比例達三十五%，原因就是毒品犯罪人口過多，達到所有受刑人的六至七成以上。

像是內清才十四個人之中，毒品犯罪的就高達九人，其中從安非他命、K他命到海洛英，各式各樣的毒品使用者都有；而犯罪行為，也是從吸食到持有、運送、販賣、走私、製造，各種「人才」統統具備。

有一陣子房東二人組（柯震東和成龍兒子，姓房，名字沒人記得）在北京吸大麻被捕造成軒然大波，引起內清同學們熱烈的討論，一致認為這兩個人根本就是小兒科。像同住金山的阿毅和阿為就說，他們從國中就開始吸安非他命，那時候是全班都吸，而且連老師在講台上課，他們坐在教室後面也照吸不誤（這是二十年前的「美好」往事回憶）。

阿毅獨鍾安非他命，從青少年吸到結婚生小孩，老婆家人都不知道。他說：「每次吸安常常一個星期不睡覺，晚上還要躺在床上裝睡，等太太睡著了才爬起來偷跑出去。」

至於阿為，則是從安非他命開始一路升級，所有毒品都嘗試過，最後沉溺在最可怕的海洛英之中。「為了想要打毒品，在感覺毒癮快發作的時候，我會什麼事情都做得出來。」阿為這麼自白。

我問他：「出去之後還會吸毒嗎？」

阿為說：「應該還是會吧。」他老實地承認。

至於比較年輕的小傑、小豪，濫用毒品的方式又是另一種類型：混用。他們的生活重心就是和朋友玩樂，玩樂的重心就是嗑藥。通常是從K他命開始，抽了K他命，迷惘暈醉（大概是一種中樞神經抑制劑），就吃搖頭丸來讓自己變high（大概是一種中樞神經亢奮劑），然後再吞下「一粒眠」或FM2這種強力抗焦慮藥物，最後再加上安非他命（刺激大腦興奮）。

他們說：藥物混用，讓大腦像被鐵鎚打到一樣，會產生完全空白的狀態，在這段空白期間，根本不知道自己在做什麼。有一次，是拿鐵棍把整條馬路上的車子都砸爛，砸到警察來了連警察一起砸，事後完全沒記憶。所以，有人在那種情形下跑去跳樓，一點也不奇怪。

吸毒者的罪是什麼？

各種藥物混合使用造成小腦萎縮或是膀胱硬化一輩子得包尿布，是司空見慣的必要代價。他們的共同特徵是：人生沒有目標，意志力缺乏。

問他們：「你還很年輕，出去後要做什麼？」沒有一個人說得出答案。他們的人生是空虛的，因此用吸食毒品來追求更大的空虛，以藥物製造的幻覺來填補（或取代）現實生活中的空虛。

吸食毒品有一些我們不知道的後遺症，像海洛英，平常人們只聽說因共用針頭而感染愛滋病，但是對海洛英高度成癮的阿為說：「用『四號』（海洛英的俗稱）會讓牙齒掉光。」像他自己，原來的牙齒上下兩排全沒了，靠戴活動假牙吃東西。造成這個後果的原因是什麼，我到現在還不明白。

安非他命愛好者阿毅說：「吸安以後，會對某一件特定事情非常執著，反覆反覆一直做。比如說，想擦地板，就會很執著，把房子裡每一個角落東西都搬開，一直擦，擦整晚沒停。」

他還說：「有一次吸了安，我就開始在家裡一樓拆摩托車，一直拆，拆到全部分解，然後把所有零件，一樣一樣拿上二樓，再一直組合組合，把整部摩托車組合起來。等到第二天清醒了，才發現：奇怪，摩托車怎麼跑到樓上來的，已經沒辦法再搬回一樓了。」

「這樣子，吸多了頭殼不會壞掉嗎？」我問。

阿毅說：「應該會吧」。他老實承認。

阿毅或阿為、小傑或小豪，都和我處得很好，在生活中都有著可愛和善良的一面，我從不曾感覺他們是壞人，反而比較能夠看到他們身上的脆弱與自卑。他們都很平凡，這些平凡的人，在接觸了藥物之後，成為一個完全軟弱、向藥物低頭的人。

然而，他們真的有罪嗎？他們的罪是什麼？

「殘害、毀滅自己的生命是吸毒者最大的罪」，我想。

高牆內的霸凌 vs. 十大休閒娛樂

監獄內的霸凌，採取的不是肢體暴力，而是言語的、精神的、心理的，構築出一種歧視、一種壓力、一種動輒得咎的窒息感，再加上工作分配的不公平，髒的、累的、煩的、辛苦的統統交給你。

近幾年來翻譯得最好的英文字，首推bullying，中文譯為霸凌，音似且意達。霸凌現象一般較受重視的好發場域是校園，經過許多媒體乃至於研究報告、文學小說的分析描述，霸凌行為的類型已眾所周知不限於身體上的傷害，也包括了精神上的攻擊。甚至，不僅刻意的作為可以形成霸凌，刻意的不作為，例如「大家都不和他說話」、「故意不告訴他明天要帶蠟筆」，也能夠達到霸凌的效果。這些常識，只要看幾本宮部美幸的作品，就足以了解其驚心動魄的程度。

校園中的霸凌，最令人傷心的是，受害者和加害者都是孩子，都是尚未成熟長大的心靈。受害的孩子往往不知道如何求救，加害的孩子則是根本無法意識到自己行為的殘酷。然而，校園霸凌畢竟仍然有著時間和場域的侷限性，孩子們畢竟還有家可以回（雖然家庭經常起不了保護作用，甚至偶爾還會「過度保護」，抑或成為另一個傷害的來源）。

如果霸凌發生在監獄，這可是個二十四小時都離不開的地方，在施／受雙方必須日夜相處的情況下，很少人能夠想像得到，這是多麼可怕的事情。

事實上，有別於看多了《監獄風雲》、《刺激一九九五》這類港片或好萊塢電影的善良百姓的想像，性侵害或是身體傷害這種行為，在目前台灣監獄內發生的機率已經低到趨近於零了。原因除了管理政策上嚴格禁止之外，最大功臣應該是監視器的大量設置，幾已達到毫無死角的狀態。

所以那些要求室友從事性服務和「被」從事性服務，或是以物品、銳器擊刺，拳腳相向毆打，只要一發生，就是調監視器錄影追究責任。即使是最單純的兩人口角互推，下場輕則送犯則房隔離（等於關禁閉，不見天日），重則移監，往更偏遠的花東甚至離島送，看你還敢不敢。

在如此嚴厲的監管禁制之下，是否表示監獄內的霸凌現象就完全消失了？當然不，只是以其他方式取而代之而已。

「香蕉新樂園」中的 bullying

首先，分析在獄中最易受到霸凌的對象排行榜，依序是：性侵犯、弱智者、人緣欠佳者、老人、普通人（在這裡，四十歲以上都算年紀大的人了）。

性侵犯，大概打從監獄誕生以來就是最被不齒歧視的族群。自從兒童少年保護的法制，大幅提高對兒少的保障，也就是大幅擴張解釋了對兒少性侵的定義之後，台灣的監獄內，性侵害犯罪者已經成為僅次於毒品犯罪的第二大犯罪類型了。

羅密歐與茱麗葉的故事再也不會發生，只要和不到十四歲的女生有染，就算兩人你情我願、山盟海誓，而且女生身高三圍超標準、智商一九〇，加上她還謊稱十八歲、並出示父母同意證明書，依然構成性侵犯罪，公訴，女生下跪求情也沒用（因為我本來就覺得羅密歐與茱麗葉是莎士比亞在意淫的鬼扯，加上本人完全沒有蘿莉情結，所以我舉雙手贊成兒少法的修正）。

有些舍房，甚至整間關的都是性侵犯，而被稱之為「香蕉新樂園」。因為，性侵犯的代稱就是「香蕉」（理由自己猜想）。我曾經遇到一個香蕉，是國中體育老師，和學生師生戀，就進來了。也遇到過一個開計程車的老阿伯，摸女乘客大腿，就進來了。不過，最經典的香蕉是「阿忠」：強制猥褻自己叔父的六歲小女兒，長達六年之久，直到小女孩長大懂事了，犯行才曝光。這一性侵官司，從阿忠二十歲打到三十歲才確定，這十年，他就靠撿破爛拾荒為生，因為沒有任何工作願意雇用他。

性侵幼女遭提起告訴的阿忠被判了十年。阿忠身形矮小肥胖，面容猥瑣，先天的兔唇，使得他講話都是鼻音。長年拾荒，造成他的衛生習慣很不好。在外面社會遇到這樣的人，我們或可遠離迴避、寄予同情，或可發揮正義感予以教誨，若是假惺惺的蛋頭學者遇到了，還會從社會環境決定論之類的學說大談如何教化導正。

然而，如果要和「香蕉中的香蕉」阿忠，同時關在一個不到三坪大的房間裡，吃喝拉撒睡一起生活，又是另一番感受了。這番感受最直接的就是：真是又髒又笨又可惡的人渣，不欺負他怎麼行。於是一夥人開始進行審問，叫阿忠鉅細靡遺地陳述他的犯罪過程：「你用什麼放進去？」「放進去多深？」「手指有什麼感覺？」「那時候XX有△△嗎？」……一邊問，一邊罵，一邊幹譙，最後叫他去蹲在馬桶上打三次手槍，以表懺悔。

這樣的事情，三不五時就對阿忠上演一遍。而在阿忠的心裡，這些霸凌他的同房並不是他最恨的人。阿忠心裡最恨的是他的叔父，被性侵小女孩的父親。他恨叔父為什麼要去告他，害他坐牢……（當可惡和可悲的極致揉和混同時，兩者已很難區分了。)

總的來說,監獄內的霸凌,採取的不是肢體暴力,而是言語的、精神的、心理的,構築出一種歧視、一種壓力、一種動輒得咎的窒息感,再加上工作分配的不公平,髒的、累的、煩的、辛苦的統統交給你。此外,再命令指揮你做些奇怪的事,例如一天打五次手槍,或是十五包三合一即溶咖啡泡五百CC的水喝掉(黏稠狀,喝了必吐)!日以繼夜在同一環境中,不斷地施加在身心上折磨。

除了香蕉之外,霸凌的唯一邏輯就是欺負弱者。什麼是弱者,沒有靠山的,沒有「關係」的,沒有黑社會幫派背景的,行動遲緩的,反應慢的,做事容易拖累別人的,都是弱者。於是在這裡,年紀大的人是弱者,笨的人是弱者,欠缺背景靠山、黑道撐腰的「普通人」是弱者(因為多數人都是混混,普通百姓反而是少數),很自然地就成為霸凌的對象。至於符合以上條件而又難以相處、人緣欠佳者,更是理所當然的淪為天天被人「打槍」修理的目標。

十大休閒娛樂排行榜

如果霸凌不算是一種娛樂的話,這裡的休閒活動,依其受歡迎程度列舉以下十項分述之：

No.1：抽菸。其普遍性和重要性令香菸足以做為貨幣已是明證。奇怪的是，監獄似乎不適用菸害防制法，所有禁止吸菸的法令規定，好像在這裡完全不適用。

No.2：電視。雖然只有無線數位頻道區區十多台可看，假日及平時夜間，一人捧著一台只有三吋螢幕的小電視是最常見的現象。獄方管理單位為了怕有人拚命看電視不睡覺，裝置了無線電波控制器，晚上時點一到，就把訊號切斷。犯人們魔高一丈，將原裝電視的小天線換成改裝的大支天線（兩倍粗、三倍長），對著窗戶外面某個特定方向，可以收得到訊號，半夜照看不誤。

No.3：自慰。此一休閒活動不需多加說明，值得補充的是其輔助書刊。在這裡，最受歡迎的兩本刊物，一本叫《男人幫》，每期一定有一位略有名氣的小模或小明星擔任主題人物，秀清涼寫真專輯。此外，就是教男生要穿什麼T恤才潮，戴什麼手錶才炫，開什麼車才有型、把得到妹的各項商品置入行銷。

我們資源回收場完整蒐集、保存了過去三年至少三十幾本的《男人幫》月刊，我基於好學不倦的精神，曾經想要好好把它全部看一遍，誰知道看兩本就無以為繼看不下去了。每一期的 cover girl 看起來都一樣，而且令我覺得沒有任何想像可言。

不過，這本雜誌至少還有一頁是介紹書籍，我的閱讀清單有一部分就是從中過濾出來的。另一本雜誌叫做《誘惑》，這本刊物，從未出現在資源回收物中，可見其受喜愛、珍藏的程度。說穿了，就是全本都是女性胴體在三點不露的原則下以最大程度呈現裸露畫面，本刊物俗稱「槍本」，其用途可想而知。

No. 4：吃東西。各式零食餅乾飲料之外，水果是消費大宗，泡麵是例行公事，不過據說（只是據說，因為從來沒落實執行過），晚上八點以後到起床前這段時間禁止泡麵，原因是怕味道太香會引起騷動！真應該以這種獄中畫面拍一支廣告，效果一定不錯。

No. 5：看書。九九．九%的人看的都是一些阿撒不魯的連環小說就是了。

No. 6：下棋。正式的圍棋，從來沒看過有人會下，倒是玩五子棋的人最多。象棋也有人下，但一定是玩全盤的，因為監獄裡出售的象棋是兩面都看得到的棋子，以防止利用象棋來賭博，所以，這種棋子沒辦法下半盤的暗棋。

No. 7：聊天。每天晚餐結束後，一小撮人就各自成群圍成一圈，鋪了報紙，倒出瓜子、花生，拿出飲料，開始聊天。這種行為的術語叫做「開桌」。會在一起開桌聊天的都是固定班底，真不懂為什麼日復一日能有那麼多話可以講，大致上不外乎吹噓自己以前在外面如何，或者說說別人背後壞話之類，毫無意義可言。

以上七項休閒娛樂活動，基本上都是合乎規定、准予實施的項目。接下來，則是監獄內三令五申嚴令禁止、但又難以撲滅禁絕的行為：

No. 8：運動。乍聽之下很奇怪，運動又不是壞事，為什麼要禁止？其實，它是禁止受刑人在舍房內運動（除了依規定一星期有一次三十分鐘戶外活動外，基本上戶外運動的機會是不存在的）。目前我聽到最強而有力的理由是：運動會流汗，流汗需要洗澡，洗澡會用水，為了節約水源，所以禁止運動。

不過，受刑人之中總是有三成左右是打死不退的運動愛好者，每天只要有時間就健身，而且健得很專業。各式重量訓練的動作，一套又一套的操練，沒有槓鈴就用水桶代替，仰臥起坐、伏地挺身，都是以一天幾千下在算的。健身的時候，兩人一組相互掩護，一個人練，另一個人負責擋住監視器鏡頭，再彼此換手。和三舍有一批健身狂，人魚線、六塊腹肌只是標準配備而已，連每天吃多少卡路里熱量都精確自我控管，體脂肪都在十二以下。

No. 9：賭博。這是造成電池成為貨幣、也成為管制品的非法活動。在這裡進行賭博有個好處，就是還沒聽過有人敢賴賭債的。

No. 10：入珠。這項休閒活動是一種流行，就好像刺青、舌環、臍環之類的，一個人感染下一個人，彼此拿自己的身體來加工，以茲炫耀。只是入珠這行為加工的身體部位比較特別，而且除了觀賞把玩功能外，還能期待實戰時發揮特殊功效。

入珠，台語專用詞叫做「摃珠子」。用「摃」這個動詞真是太傳神了，就是形容「將A物體植入B物體中使之固定附著」的動作。至於珠子，監獄內一般受刑人多是自己製造，例如用塑膠筷子，切一小段立方塊狀，用砂紙磨啊磨，直到成為一顆拋光塑膠小球，直徑約〇．五公分，就可以使用了。想入幾顆，就磨幾顆；珠子的材料，從塑膠、樹脂到玻璃都有。為了輸人不輸陣，比較追求品味、重視品質的人，就從外面偷送其他材質的珠子進來，聽說是玉石或瑪瑙的。

第一次，有個小兄弟問我：「進兄，珠子我磨好了，你要摃幾顆？」

我回說：「塑膠的我不要啦。」

第二次，他很得意地跟我說：「進兄，你看你看，我幫你弄來，玉的耶，一顆外面要三千元。」

我看了一眼，冷冷地說：「這些太小顆，不適合我（的 size）。」

下次，大顆的真的來了，不知道要用什麼理由拒絕才好！

三星孤島的私人教學

每一個課程，希望能幫助他們找到自己心裡正面的力量。可能是善心善念，可能是自我的肯定，可能是夢想的追尋，可能是發現在打殺吸毒之外、原來世上還有其他一些有趣事物，是自己能力所及可以去接觸的。

記得這一生中，第一次看完厚厚一大本外國文學名著全譯本，是小學四年級時閱讀的大仲馬（應該是吧，他的兒子小仲馬寫《茶花女》，還是反過來才對？）經典之作：《基督山恩仇記》。

這本書很令人暢快的部分通常是享受那復仇的過程，淋漓盡致，痛快人心。但是，最為激發我這一閱讀之際只是一個兒童的想像的，卻是另一段描述：當故事的主人翁被陷害拘禁在海中孤島的惡牢時，遇見了一位天主教神父。這神父說穿了就是政治犯，牽扯上拿破崙革命和王權復辟的法國政治動盪衝突，而遭到流刑繫獄。

男主角，未來的基督山伯爵，本來只是個在海港城市跑船維生的純樸青年，在島上監獄遇到的這神父是不得了的博學鴻儒，上知天文，下知地理，精通各國語言和流行時尚，從哲學到自然科學無不了然於胸。青年反正在坐牢滿無聊的，神父也剛好閒閒沒事幹（十九世紀以前的法國監獄又沒有配業下工場這種累進處遇制度），兩人一拍即合，神父於是一樣一樣地將他畢生所學全部教導給年輕人。

牢中無甲子，寒盡不知年，關得越久，學得越多。年輕人從拉丁文、天文物理新科技、古典浪漫主義藝術（當時還沒有這名詞）加上國際政治經濟戰略形勢到金融貿易資本操作營運，統統盡得老神父真傳，習得一身絕學本領。最後，再憑著神父給的藏寶圖，逃出囚島，取出埋藏在基督山島的巨大財富，於是才能以基督山伯爵之名，出現於歐洲上流社會，展開一連串的復仇行動。

這樣的學習、成長、蛻變、脫胎換骨的精采過程，包括了「不幸處境中的奇遇」以及「神奇師父的武功祕笈或無敵功夫」，這些令人驚奇的元素，強烈地打動我這小四的孩子，深深為之著迷。

監獄中的七門課

人生多舛，四十年後，當年受到《基督山恩仇記》洗禮的我，竟也身在獄中。截然不同於老神父的是：一、我沒有藏寶圖；二、我不是終身政治犯；三、我不是神父，有妻子、兒子和家在等待著。不過，讀書、工作許多年，做過許多事情，涉獄了許多不同的領域，在這三星孤島，如果有年輕人願意學，我也樂於將自己所會的傳授出去，至少讓他們比每天群聚終日、言不及義、渾渾噩噩要來得好。對我而言，則也算是一種實現助人心願的履踐吧。

老神父的徒弟只有一個人，我教導的對象有好多個。老神父的徒弟是全科系全學門課程統統學，我是一個對象只教授一門課程。沒辦法，咱三星孤島的學生資質一般，比不上基督山伯爵候選人這資優生。以下就是我在獄中開課的狀況：

【課程一】日文／學生阿倫

阿倫在平二舍新收期間就和我同房，後來被選入搬運隊來到和三舍。我用一本在垃圾場撿的、破爛的日語文法書做為教材，每週日晚餐後上課，一週進度一課，已經上到第三十八課了。阿倫非常認真在學，也很有語言天份。我想鼓勵他，出去之後，協助安排到日本去，這樣應該就有可能脫離以前那些吸毒的朋友圈子。

【課程二】創業與經營／學生Mark

已經結業，就看他未來如何運用了。

【課程三】般若波羅蜜多心經／學生阿洲

對於《心經》的闡釋，當代最高明的兩位大師分別是達賴喇嘛和聖嚴法師。集合這兩位大師的見解心得，加上多年以來大量、廣泛、深入的涉獵各宗各派佛學佛理，我自認為對於《心經》這短短二百多字的意義內涵，有著相當程度的理解、認識和獨到看法。除了教授阿洲有關《心經》的涵義之外，我還要求他每天都要誦唸。沒多久，他就將經文完全背了起來，一天唸七遍，迴向給奶奶和爸爸。我準備慢慢增加他誦唸的次數。

【課程四】黃金投資／學生阿盛

我教阿盛每週收集：國際金價、台銀金價、各國貨幣兌美元匯率、油價、台股及美股指數、台美歐等國銀行利率，以及各國公債利率，進行中長期的追蹤，比較這些指標相互之間的關係，然後製成變動的線形圖，來討論影響黃金價格變化的各種因素。在這樣的過程中，培養觀察、判斷黃金價格走勢的能力。阿盛成為全單位唯一會閱讀報紙財經版的人。不過，除了看黃金，我還要求他每天也要唸《心經》。

【課程五】鋼鐵業產業訊息彙整研析/學生小傑

小傑的父親是上市鋼鐵公司的廠長，他自己也在父親公司工作了兩、三年。我叫他解說公司的營業和市場運作，講得不錯。於是，開始教他以鋼鐵業為對象，如何進行產業訊息的收集和分析。這套方法學會了，將來可以應用在任何產業。掌握產業動態，對於市場行銷和營運策略，都是很有用的基礎能力。

【課程六】內觀/學生阿毅

根據彩虹數字學，他有兩個9，要靜坐才不會腦神經衰弱，腦袋空空，醉生夢死。靜坐的法門太多了，從靜默、持咒、觀想、聽音……各式各樣，加上配合各種宗教性的儀式神祇，可謂五光十色，不可盡數。但內觀是最單純的，沒有任何添加物，直接承襲兩千五百年前佛陀的教法，而且不對佛進行任何個人神化或崇拜。我教阿毅先學會觀呼吸就好，等觀呼吸熟習了（止），再來練習無分別心的覺受（觀）。最後，當然也要學習如何培養慈悲心。阿毅本性很善良，又肯發心主動要學，是很好的。又，依彩虹數字所示，他主命數修2，那就和觀世音菩薩有緣，所以我準備請一部《普門品》來，讓他做為每日必修的功課。

以上這些課程，都是被動地在這些年輕人請教、詢問我的過程中形成的。每一個課程，不同的主題，都只是工具，希望能幫助他們找到自己心裡正面的力量。可能是善心善念，可能是自我的肯定，可能是夢想的追尋，可能是發現在打殺吸毒之外原來世上還有其他一些有趣事物，是自己能力所及可以去接觸的。

除了這些有形的、具體的課程之外，還有一門課，是每天在這裡和他們互動之中，彼此不斷地學習、教學相長的，課程名稱是：學做人。我心裡著實希望，大家都能夠學會什麼叫做「忍辱」。不是簡單的咬緊牙關忍耐而已。透過知識的增長、觀念的啟發，以及更重要的，生活中待人接物的一言一行，讓這裡的每個年輕人發現：如何做人，如何忍辱，如何不放棄生命中的成長，如何不停止追求那更為正面的、得以啟迪生命的能量。

我不是神父，不想扮演什麼生命導師角色；在這裡的課程，開設的目的不是培養出去執行復仇計劃的基督山。僅僅是「有緣分相遇，就送一份禮物」這樣的心情，不預期未來，未來但憑個人造化。我能做到當下可做的，就夠了。

PS. 如果要給予這些每個都曾犯過錯的年輕人一句話做為座右銘，我會告訴他們：「順著天賦做事，逆著個性做人。」

〈番外篇〉

監獄做為一種道場

監獄是一個弱肉強食的殘酷社會，自古以來就是如此。在這裡聚集的，絕非善男信女，以為在此與世隔絕，可以清靜閉關修行，實在是一場誤會。正因為在封閉狹隘的空間裡聚集了高密度的凶神惡煞，即便想獨善其身都不是一件容易的事。

特別是我們和三舍，能進來這種小單位的人基本上是特殊的：每個人都有關係背景，大家經濟條件都不差，比例最高的是混得不錯的黑道角頭和追隨混得不錯的大哥的年經流氓，誰也不聽誰的，誰也不把誰放在眼裡。

在和三舍，公務人員是少數族群：縣政府的機要秘書、D黨籍議員、環保局長，中將司令、K黨籍鎮長、原住民鄉長，還有幾位警察、消防隊、地政事務所主任……每個人幾乎都被混幫派搞毒品的年輕混混修理過。原因無他，年紀大，善良老實（相對而言啦）好欺負。這些黑道青年欺負官位越大的人，還更洋洋得意呢！你官做得越大，越經不起被當眾漏氣難堪。管你和典獄長關係多好，舍房裡發生的事情，管理人員永遠看不到也管不著。在這裡，服膺的是叢林法則；在這裡，才真的是修行的好地方。

在這裡，我無心於營造什麼人際關係，更無意於過度熱心多管閒事；在這裡，我無知地以一位佛法大乘行者自詡，做兩件事：修行~消除業力；行菩薩道~慈悲助人。為了前者，堅持每天內觀靜坐的功課，同時懺悔、反省自己的作為和因果。至於後者，則同時也是我在此生活與生存的方式。

經過沒多久時間，這裡的黑道大哥、混混、人渣，基本上已經和我建立起一種和諧關係。如果要問這是怎麼做到的，實在很難一言道盡，靠的不是金錢物質，不是外面的關係，或許是以一種很難形容的人格特質，慢慢地自然塑造形成的吧。

這種人格特質，有一部分應該就是菩薩行願的慈悲情懷。對於這些黑道混混、人渣、毒犯，基本上力求以一種平等悲憫的心情去看待，同時，也以一種無所求的態度去幫助。幫助的方式，是給予法、給予經、給予信與願。願意接受法、經、信、願的，就付出得更多，關注得更多，彼此之間的尊重，也就在這樣的互動過程中逐漸地生成、累積、鞏固。

希望，這種在獄中的待人處事，能夠有一點點接近「應無所住而生其心」的態度。藉由此種態度，讓一切的業力因果，還諸天，還諸地，還諸無始無明。一切的人世糾葛、恩怨情仇，不要再羈絆。所有的業、緣、情、債，都想要歸零，不再相欠。

即便回到社會，也不想再做以前那個我了。

為了不要再做回以前的自己，在這裡，這樣的環境磨練，真的是很好的修行。

在這裡，內觀找自己。如果找到了，就把自己帶回去；找不到，就自己回去。

獄中的海耶克思想者

「台灣根本還沒有真正的自由主義，因為這裡的人，根本缺乏真正的個人主義精神。對人類的理解和尊重根本不夠。」同一個海耶克思想，在台灣、中國的海峽兩岸，卻各自有著不同的榮枯起落。誰幸？誰不幸呢？

海耶克（Fedrick Hayek），二次戰後奧地利經濟學派的思想家。一九五〇年代之後，海耶克理論涵蓋了從經濟學出發，到政治學、社會學、法學與哲學諸多領域。而，海耶克思想核心的基礎，就是「自由主義」；自由主義（有別於全球化浪潮之後興起的（邪惡的）「新自由主義」，我們應該更清楚地稱之為「古典自由主義」），其實是西方文明非常重要的精神傳統。

這一傳統的內在構成，是以「人性」為前提的尊重，從而形成的「個人主義」，尊重個人的意志以及選擇的自由。是以，保護個人的權利（發展出「人權」概念）和私有產權（發展出「財產權」概念），於是，建構出市場經濟體制的秩序邏輯。

相對於那個時代引領風騷的社會主義，海耶克對於政治、社會和法律、體制，有著全面性的思考，他的思考建立在經濟學之上；此一建基於自由市場機能衍生出來的思想體系，以尊重個人的自由觀念為基石。

對「人」的關注和研究，始終是海耶克理論的重中之重。也正是由這樣的「個人主義」出發，海耶克對於社會主義、法西斯主義、集體主義、唯物科學主義，有著全面性的深刻批判。他曾指出：「方法論集體主義、實證主義及其他類型的唯科學主義，遮蔽了『人性』的本相，誤解了人類合作擴展秩序的性質，混淆了社會科學的真正使命，最可怕的是，這些錯誤的方法論推導出來的理論觀點，經由實踐為人類文明帶來了災難。」

海耶克的思想，在一九五〇、六〇年代，在左派理論風行草偃的時代，為西方文明的自由傳統開拓出一條新的道路，讓人們理解到：經濟自由是一切自由的基礎，市場經濟沒有好壞之分，而僅是真偽有別。如同邱吉爾所說的：「人的自利心，在自由社會中，叫人奮發有為；在社會主義社會中，卻使人懶惰。」

受海耶克思想啟迪的台灣年輕人

一九六〇年代的台灣，當時台大哲學系教授殷海光先生，大力地引介海耶克理論，他所翻譯的海耶克著作《到奴役之路》，影響了一整個世代的知識分子青年，甚至直到八〇年代的學運啟蒙。海耶克思想，在當時的戒嚴體制下，是一種弔詭的存在：它所標榜的自由精神、憲政理念、個人權利，和黨國專制體制全然難以相容，但是這一理論體系，卻又是維護市場經濟、對抗共產主義體制和社會主義道德正當性，最有力量的論述武器。

一九六〇年代末期的台灣，兩個年輕的大學生，受到了海耶克思想的啟發與鼓舞。這一股思想的力量，不僅讓這兩個小伙子終其一生成為一位古典的自由經濟主義者，甚且改變了他們一生的命運，也影響了台灣的命運。

我們就稱這兩名青年J1和J2吧。J1原本念交大自動工程系，在海耶克的啟迪下，竟然放棄理工、重考東海經濟系，害他父親氣到一年不跟他講話；J2原本讀輔大哲學系，轉學進入台大哲學系。兩個人住在一起，比親兄弟還要好，思想上崇尚自由主義，生活上實施有錢一起花的共產主義。在那個政治氛圍風聲鶴唳的年代，考上大學等於握有成為社會菁英的入場券，他們卻跑去幫黨外人士助選，去眼睜睜的看執政黨怎麼「作票」。

J2後來到芝加哥大學念政治學研究所，J1則是到哈佛甘乃迪學院念經濟學。美麗島事件發生，一代政治菁英遭到鎮壓，整個社會主流對政治避之唯恐不及的時候，這兩位年輕人卻反而投身於政治反對運動，結合一批為數很少的有志之士，辦刊物，搞組織，走入基層，做草根經營。

在戒嚴的時代，沒有人知道黑暗什麼時候才會過去？黎明何時會來臨？更不知道，自己投注生命所從事的志業，什麼時候才能開花結果？甚至不知道，自己什麼時候會有坐牢、失去自由的風險？

「華人海耶克學會」在中國

海峽對岸，海耶克思想引入中國是在八〇年代末，但隨著一九八九年天安門事件發生，自由主義這樣的東西，宛如牛鬼蛇神般地遭到肅清殆盡。直到二〇〇五年，幾個自由派學者聚在一起，在北京成立了「華人海耶克學會」。自此，以學術研究的方式，每年召開研討會，發表論文，進行觀念上的討論。

為什麼這些年輕學者要以海耶克之名成立學會？中國現今自由派的理論旗手，出身社科院政治所的劉軍寧點出：「因為海耶克促使人們進一步思考：還有什麼是被國家以各種藉口壟斷在手，但原本應當是屬於個人的自由！」這些在比例上、總量上都占中國極少數的知識分子們，以此一學會的型態，展現了他們對於自由的嚮往和追求。

而他們的討論範疇，主要貫穿在兩條軸線：一、市場和憲政體制的關係；二、自由和傳統的關係。前者的答案比較清晰：如果沒有經濟支撐，如果沒有深刻透徹的自由主義所運營的市場經濟，則憲政體制的政治民主，將有如風中之燭；至於後者，對中國人而言，是相對難以處理的：一個文化傳統之中如果基本上缺乏自由主義的思想元素，是否還要堅持從中國文化傳統之中去挖掘自由的根苗呢？這個論爭，其實就是二十世紀中國思想史脈絡中不斷衝突、對立的爭點，困擾著幾代的中國知識菁英。

海耶克的思想能不能化為現實？

在中國的思想論爭被一黨專政壓制得無聲無息之際，台灣的局勢已然風起雲湧。J2，從突破黨禁的「建黨十八人小組」成員開始，創立了整合台灣本土民主力量的政黨，擔任黨祕書長，組建足以挑戰政權的黨機器。J1，則長期經營引領路線、策略方向的政治團體，形成一股黨內組織紀律以及政策論述最堅強的力量。兩人聯手，一次又一次地，透過競選活動、透過社會運動、透過街頭抗爭，以行動去實踐那存在心中的海耶克思想；從理念、論述、制度、政策，兩個人聯手，一次又一次地衝撞社會體制、政治體制，也衝撞這島嶼上人們的思維與觀念。

終於，二〇〇〇年，在他們的操盤運作之下，政權輪替。後面的故事，就眾所皆知了。J1專長於經濟，出任了台灣擁有最多土地的國營企業董座以及證券交易市場的龍頭。J2擅於政治，歷經行政院、國安會、總統府三大機關祕書長職務，有「永遠的祕書長」之稱。兩個人共同改變了台灣，不變的是，年輕時所相信、接受的海耶克思想仍在心裡，他們都仍是古典自由主義者。

時至二〇一四，中國的海耶克學會已成立十年，這個國家剛替換了新的領導人。但一黨專政依舊，在黨官僚機器支配下，實施著以國家資本為中心的市場經濟。而自由主義，則被視為和所謂「普世價值」一樣，是嚴厲打擊反對的目標。海耶克的理論，不知何時才能化為行動。

時至二〇一四，J1、J2的政黨失去政權已逾六年，這期間，J2慘遭司法檢調羈押五十天，起訴多項罪名後雖均獲判無罪，已因此「奇恥大辱」不問政事，遠赴異國客座講學深造。而J1，在回首為台灣這塊土地奮鬥的半生之後，這麼說：「台灣根本還沒有真正的自由主義，因為這裡的人，根本缺乏真正的個人主義精神。」因為，「對人類的理解和尊重根本不夠。」善哉斯言。說這些話時，J1正因冤案，繫於宜蘭三星監獄之中。

同一個海耶克思想，在台灣、中國的海峽兩岸，卻各自有著不同的榮枯起落。
誰幸？誰不幸呢？

輯三

唯有再見，才是人生！

從努力活著，
以發現愛的生命意義。
從預習死亡，
以探索自由的存在與界限。
從認識自己，
以證實個人的微弱並學習與命運安然共處。

時間：2016.6.～2019.2.
場景：桃園八德監獄

青春已老

——阿正的故事

一定有一個人，幫身在牢獄什麼事也做不了的阿正鍥而不捨地申冤。十年來，永不妥協、永不放棄，提了七次再審和算不清次數的非常上訴聲請，一提再提。即使都已經服刑到可以申報假釋快結束這場惡夢了，還在提……

「你所經歷的一切，世間任何力量都無法剝奪。」這是十九世紀末，奧地利詩人哈默林（Robert Harmerling）的詞句，在二戰期間的納粹集中營裡口耳相傳著，鼓舞撫慰了流離輾轉而逃脫死亡，以及更多身心盡皆摧折殘破而走向死亡的猶太心靈。

是的，我們的經歷，化為血肉骨骸成為生命的一部分，固然再也難以切離。詩人的話語，自有其深沉的美感。但，倘若我們的一切經歷，就是「剝奪」。那麼，這無法剝奪的剝奪，又有什麼意義呢？或許，只能再加上這麼一句：「你所經歷的一切，世間任何力量都無法彌補（回復、補償、平反……）」做為補充，讓這句詩更貼近真實的人生遭遇，如此而已罷。

為什麼你的「同學」都不會讓我感覺是壞人？

第一次提到阿正的事，是兒子來「眷住」──與眷屬同住的時候。

外役監的受刑人，累進處遇積分到達一定等級之後，就享有每個月一次，眷屬可以來一起共住的待遇。眷屬，只限定為配偶、子女和父母，連祖父母、兄弟姊妹都不行；住宿時間不超過四十八小時，通常是週五下午五點到週日下午四點。

八德監獄的眷住用「懇親宿舍」有八個房間，兩間（勉強算）是套房，有衛浴，其他都是公用浴廁。一間小小廚房，一台微波爐加上三台電磁爐。就像是一家簡陋樸實的民宿一樣，只是每早、中、晚，管理人員會來點名清查人數，而且嚴格禁止攜帶手機及任何電子通訊裝置入住。

「你用安捏擱足有通，實在真利便。」阿正的媽媽正在懇親宿舍廚房內運用那三台電磁爐大顯身手之際，一邊轉身對著操作微波爐加熱食物的我這麼說。從熬到終於取得眷住資格的第一次開始，我就打定主意拜託家人：四十八小時期間的早午晚餐加消夜，統統準備小七、全家的微波食品。眷住的珍貴時光，是日夜不休用來和孩子講話的，不要耗擲在烹煮食物上。

更何況，對已經服刑多年的我而言，如今便利商店中五花八門、品項豐富的微波食品，每一樣都是難得的人間美味了。只是覺得很奇怪，為什麼微波食品的加熱時間都是：三分四十五秒、一分二十五秒、四分四十八秒，這種看起來超神奇的時間數字，永遠不會是一個整數，其中必有什麼祕密。管他的，東西有熱就好。

阿正的媽媽揮汗如雨在沒有空調的廚房忙著。每次大老遠從台中豐原趕上來陪阿正，她總是為這唯一的兒子準備了一個班的士兵或一個籃球隊的球員才吃得完的食物。燉的、滷的、煮的、蒸的，先在家裡完成，放在鍋碗瓢盆帶來再加熱就行了。但新鮮的，要煎、要炒、要炸、要燙的食材，則非得現場烹調不可。她得花一兩小時準備的一餐，我們家幾分鐘之內叮咚一聲就完成了。難怪她看了有點不無羨慕這是個好法子。

正和兒子一人一半分享著奮起湖國民便當和培根青醬義大利麵時，阿正端了一小鍋熱騰騰的羊肉爐進我們房間。生澀的笑容，靦腆地問答幾句，放下鍋子，又趕緊回廚房幫媽媽料理餐食去了。

「拔，為什麼在這邊遇到的你的『同學』，都不會讓我感覺他們是壞人？像剛剛那位，看起來好老實喔，他是犯了什麼罪呢？」

「殺人罪。」

誰摧折了當年的春風少年？

是的，阿正確實是個老實忠厚的人。他就睡在我隔壁床位，木訥寡言而常掛著親切的笑容在臉上；年紀應該過了三十好幾，還是很帥。在鋪位上做伸展動作時，身體的柔軟度好得不得了，真令人不敢相信他已經坐了十年的牢。

原來，阿正的家族是中部地區知名的弄獅陣頭世家，不是一般宮廟水準，而是可以競逐奧林匹克（如果列入比賽項目的話）世界冠軍等級的。

在獄中，我從不曾對人提及自己的官司案情，更遑論去抱怨司法如何不公，判決如何冤屈。相對地，也不願去探問、打聽別人的入獄緣由又是如何，甚至，有人要主動陳訴都很不想聽。阿正，是少數又少數的例外。

那是在八德監獄懇親宿舍外，凜冽夜風的星空之下，阿正說起自己的事，語氣淡然得似乎主角是其他第三人。

那天晚上，手機收到女朋友訊息，說在豐原大橋，她有嚴重憂鬱症……

我趕到橋上，她已經掉下去了。我蹲在護欄旁邊哭，警察來的時候，就把還一直在哭的我抓起來了……

檢察官起訴我殺害女友，什麼證據都沒有，只有一個證人說他有看到……

那個目擊證人作證的時候，前後矛盾，證詞反覆改來改去，每一審的法官卻都採信。我提出的證據都不聽，只靠這個證人的片面之言，就把我判了十五年……

事發當初二十出頭的年輕人，十五年的徒刑服了超過十年，難怪阿正沒有太太孩子可以陪他眷住，只有媽媽是唯一符合規定資格的。每次，都是姊姊開車載媽媽（連同那一整車的食材料理鍋盆器具）到監獄門口，來回接送而不得入內。

第二次提到阿正的事，是兒子要求我為他釐清疑惑：為什麼那個證人非得要指控阿正不可？這難道不是作偽證嗎？那時，兒子正在冤獄平反協會擔任志工，念法律系的他對這樣的「法律事實」很不以為然。

我問了，阿正的回答是：

他跑來要錢，跟我爸爸開口要幾百萬……

我爸爸很生氣，沒做的事就是沒做，為什麼要給錢……

結果他拿不到錢，就一直緊咬不放……

官司打到一半，我爸爸就過世往生了……

阿正訴說這段介於情節離奇的電影與了無新意的電視之間的劇情過程時，語氣同樣淡然得似乎在轉述著別人才是主角的故事。還輕聲地補充了一句：

監察院有調查報告，說我是冤枉的，可是還不是一樣，沒有用……

十年牢獄生涯，當初的春風少年，或許熱血奔騰，或許頭角崢嶸，俱往矣。儘管面容英氣猶存，但，望四之年，頭頂已經開始稀疏。高牆內的十年，讓阿正外頭的人都不識了，可睡在我旁邊的他最常做的，竟是墊塊紙板在置物箱上埋頭寫信。寫給誰呢？給女孩子。哪裡的女孩子？都是在女子監獄裡坐牢的女孩子。

我從來沒搞清楚，這些通信對象阿正是怎麼「發掘」出來的。只知道，他總是寫上充滿正面能量的文字，鼓勵打氣著對方，似也在鼓勵打氣著自己。至於其他，別無所求，更沒有非分之想。

在這世上，唯一和阿正有著實際連結的，只剩下媽媽和姊姊。而阿正的媽媽，儘管每次都很羨慕我們只吃微波食品真利便，卻還是每次都備滿備齊足供一支棒球隊吃飽的辦桌料理，不辭辛苦地從台中運送過來。

那種錢，我們不要。

第三次提到阿正的事，還是兒子來眷住時，發現這次怎麼沒有阿正。他走了，回家去了。不是假釋（雖然他早已可以申請假釋），是最高法院破天荒、史無前例地逕為判決，同意他的案件聲請再審，並且裁定監獄立即予以釋放。

用晴天霹靂來形容絕對是不恰當，但的確就是那種一時之間完全讓人愣住的感覺：怎麼可能？不敢相信？真的嗎？媒體記者麥克風、攝影機、SNG車蜂擁群集在八德監獄門口等著圍堵即刻出監的阿正。獄中同學炸開鍋了似地人人議論紛紛：六成打從心底裡為他高興、為他喜悅、為他祝福；三成藉題發揮大罵司法檢調，順便針對自己能否也循此模式獲得平反交換意見；剩下的一成，則是忙著幫他計算，這十年的自由，超過三千六百個日子，適用冤獄賠償可以拿到多少錢。

面對社會的高度關注，媒體的緊迫盯人，阿正沒有「好好利用這個機會」去抨擊司法體制對他的殘酷，去控訴構陷冤情對他的傷害。更沒有去質疑叩問：在這一次的翻案前，歷經三級三審；定讞之後，提出七次再審聲請。每一次都是駁回，每一次都認定他有罪，那些法官們，良知正義何在？道德勇氣何在？他避之唯恐不及地躲開媒體，甚至釋放了也不敢回家，暫時住到親戚家去。因為當初事件發生時，也正是這些媒體將他描述成十惡不赦的凶手。

兒子問我，一定有一個人，幫身在牢獄什麼事也做不了的阿正鍥而不捨地申冤。是他的姊姊，十年來，永不妥協、永不放棄，提了七次再審和算不清次數的非常上訴聲請，一提再提。即使弟弟都已經服刑到可以申報假釋快結束這場惡夢了，還在提。只因為，她堅持相信：弟弟是無辜的，弟弟無罪。

聽到阿正最後一次說的話，是臨別的那一天，對那據說終有統一定論的冤獄賠償金額高達一千八百萬，阿正說：「那種錢，我們不要。」打算全數捐給冤獄平反司法改革團體。那語氣淡然得似乎錢不是屬於他的，事情似乎不是發生在他身上。

阿正經歷的一切，世間任何力量確然都無法剝奪。

阿正經歷的一切，世間又有任何力量該當得以彌補呢？

天地人間

——S的故事

S的新聞，總是和豪門享樂、高調、奢華的行徑作風形象連結在一起。S就是一個名人。什麼叫做名人？就是所有人都認識他，但卻沒幾個人真正知道他、了解他的那種人。

「去天堂最有效的方法，就是熟悉去地獄的路。」是的，沒錯。這段麥可．艾尼斯（Michael Ennis）在《命運之惡》一書中的話，確有其道理。也就難怪，但丁要創作一部地獄、薄靈獄（煉獄）深度文化導覽、專人解說旅遊全紀錄的《神曲》來做為指引人們邁向最終救贖光明之境的必備行前教育手冊。

走過地獄才能通往天堂，此一道理，經千百年來無數思想家、哲學家乃至戰爭販子、獨裁暴君反覆實驗論證，已卑之無甚高論。我在意的是，這地獄之旅的洗禮，人，是以著怎麼樣的一種態度、姿勢、表情、動作，怎麼樣的一種心緒意識、精神型態，去經歷、去承受、去接受鞭笞考煉、摧殘折磨呢？在行經地獄的過程中，這人，是大呼小叫、哀聲求饒？是卑躬屈膝、戰戰兢兢？是絕望沉淪、苟延殘喘？還是全然相反地，可以不驚不懼、不喜不哀？可以悲己憫人、同理眾生？或甚至可以入定其中，「獄」我兩忘？

在獄中待了這麼多年，看了這麼多人生，我隱約覺得且幾乎相信，每個犯人都各自以著自己的一種方式在坐牢。而採行怎麼樣的一種坐牢方式去走過這一段獄中之路，或許和這人的未來將往何處去，將能行得多高多遠，將得以晉身天國或須得打入更深一層的地獄，有著直接的相應關係。

簡而言之，我深切地不認為，一個卑怯猥鄙地從獄中膝行爬出的人，他的靈魂能擁有高貴美好的歸宿。要上天堂最好下過地獄，但下地獄者，絕不保證能上天堂，那是撒旦在騙人的廣告詞。

想像「認識」與實際「認知」……差很大！

透過對這許多獄中人物的觀察理解，我總是能在形諸文字故事的同時，多多少少歸納提煉出一點值得省思或蘊含況味的意義。但，面對S這位仁兄精采絕倫、高（低）潮迭起、峰迴路轉、絕無冷場的人生歷程時，我竟然沒辦法在他的人物故事中總結出什麼具體結構，找不到任何具有詮釋性意涵的角度來概括之、論述之。於是，只能平鋪直述地將S的故事娓娓道來。說不定，正因為他的人生實在太過於奇特了，奇特到只能夠平靜地訴說。

S一來到八德，或者應該說，他人都還沒來到八德，全監的同學就都已經認識他了。不，更精確地講，不管他是不是進來八德，全台灣的人早就都認識他了。這認識，是透過水果報紙、八卦周刊、平面電子各式媒體對他的高度關注、密切追蹤、渲染報導而形成的。

S的新聞，總是和豪門享樂、高調、奢華的行徑作風形象連結在一起。他的起落沉浮，總被當做一種茶餘飯後的消遣話題，提供視聽大眾消費利用。S就是一個名人。什麼叫做名人？就是所有人都認識他，但卻沒幾個人真正知道他、了解他的那種人。

做為名人的S，其奇特之一是，實際上看到本人，和從媒體上所「認識」的他，落差也實在太大了！讓全八德的同學盡皆驚呼：這……這真的是電視上看到的那個S嗎？那位曾經叱吒風雲、不可一世的企業鉅子，出入總是座駕香車傍擁名媛的S董，不是應該全身名牌行頭，身形高大挺拔、玉樹臨風、顧盼自雄、睥睨當下才是嗎？怎麼……怎麼會是這位矮小微駝、弱不禁風、凸肚細肢、嬰兒肥鬆垮的雙頰撐不起全口牙齒脫落的下顎而講起話來口舌不清、語氣漏風、顫危危抖索索的一介老人呢？

這奇特的巨大落差，不只發生在身體外型特徵上，也表現於行為舉止、應對進退上。所有人透過想像的「認識」，理所當然地以為S董應有的霸氣、豪氣、闊氣、貴氣，在這老人身上絲毫察覺不到。他總是誠惶誠恐、謹小慎微、有些低聲下氣的，好像一直在擔心受怕些什麼似的。

這樣的性情性格，若聯想起他曾經是名列台灣前十大財團的富二代掌門接班人，統治過龐大的企業帝國，那種引領風騷、指點江山糞土王侯的時代天驕所散射的人物特質，兩者之間的落差之巨大，做為旁觀者，除了奇特，我實在也想不出更好的形容詞了。

S先生與眾不同的執著

來到八德一陣子之後，S的奇特之二慢慢地浮現了——他經常地、長時間地處於一種放空狀態，是那種狀似失神、魂遊於九天之外的「放空」。平常工作日晚餐後的一整個晚上，假日除了集合點名以外的大部分時間，他就是一個人坐在自己的床位上，身體一點也不移動，眼睛完全沒有聚焦，面容失去任何表情，就是坐著。坐好幾個鐘頭，像一只蘑菇，甚至感覺不出來有在呼吸。

他不會和人聊天打屁瞎扯，不下棋、不打球、不運動，連電視也不看。周遭環境的色相活動，他都視而不見；眾人喧嘩的音聲話語，他都充耳不聞。或者說，都無視無聞。他就是放空地一個人坐著，活在自己的世界裡。

我沒辦法想像，更不用說去理解，S在他的放空世界中想著什麼，或是去揣度那世界中有著什麼。是昔時的榮光驕傲嗎？是擁有過一切又失去一切的懊悔嗎？是懷想著既嚴又慈的父親而愧疚於自己承繼於父的天下事業終結毀於旦夕嗎？或者，在放空失神中，他其實什麼也沒在想。那靜默，讓我看了覺得寂寞、落寞。但說不定對S來說，也無寂寞落寞，一切只是無聊而已。

在八德待得更久一段時間後，大家開始發現到S的第三個奇特：執著。這與眾不同的執著，專注貫徹於幾項特定的事情上，其一是吃藥。

S必須服用大量的藥物，從降血壓、降血脂、降尿酸的，到治失眠的、防便祕的，一大堆。每次他的藥品發放下來，處方藥袋一包又一包，可以裝滿一整個菜籃；每一種藥吃的時間都不一致，飯前的、飯後的、起床的、睡前的，負責管理配給每日用藥的同學即使專門列一張時間表為他安排處理，都還偶爾會搞錯。

這時，S的執著精神就會上升為近乎恐慌情緒，高度緊張於藥沒吃到怎麼辦？於是形成鎮日在盯著自己要吃藥的狀態。對藥物的執著比較恐怖的是因為皮膚癢，

S堅持且持續地要吃藥。醫生不願意開，就一直盧。長期服用類固醇，使得他四肢細瘦中肚圓腫，面部的嬰兒肥脹成了變形的月亮臉。但，他依舊很執著。

S的第二項執著，是換洗衣物。八德的一般行情，勤勞的年輕人幫人包月洗衣是兩千元，洗每天的內衣褲和襪子。至於長袖上衣、長褲，每週一次。外套、鞋子，頂多每月洗一次，算是免費奉送的附帶服務。S很奇怪，一個星期要洗好幾次上衣長褲，幫他做事的年輕人也不予計較的任憑吩咐。誰知，情形慢慢地變本加厲，竟然要求幫他的衣褲熨燙，而且要熨到有筆直的摺線。年輕人實在搞不懂，在監獄裡穿的工作褲，熨那麼挺是要給誰欣賞？開始有點受不了了。

有一次更離譜，一大早六點半，大家還在睡覺，S就跑過去把人叫醒要求要洗鞋子，而這雙鞋三天前才洗過，當天又下著大雨。年輕人真的火大了，拒絕再幫他服務，不惜退錢，以後都不洗了。這時，S的執著又上升為高度緊張狀態。怎麼辦？沒人幫我洗怎麼辦？開始求情拜託希望勞務承攬關係不要終止。不過，年輕人勉為其難繼續服務後，S似乎就忘記了這件事，對於經常要熨衣褲洗鞋子，還是很執著。

第三項S所執著的事情，是我親身見證的：量體重。量體重有什麼好執著到堪稱奇特而值得一書？是這樣的：公用體重計放在我們平時看書的地方，正好就在我坐的位子旁邊。每一天，固定時段，S就會跑來量體重，把身上衣物都脫掉地量。

這很正常，為求精確。奇特的是，量過一次，沒多久又跑來量第二次。然後，不斷地脫衣、秤量、穿衣，反覆循環。

我也滿無聊地特別幫他計時計次算了一下，一個小時之內量了七次體重。我始終沒能弄懂，這樣一直量體重的原因（忘了剛量過嗎？）或目的（多量幾次比較準嗎？）是什麼。只記得S此一行徑當下讓我想到愛因斯坦所說的：「瘋狂的定義就是，重複不斷地做同樣的事情，卻想要得到不一樣的結果。」

宛如天堂般的必修試煉

S在行為上的執著，不禁令我思索起，這是不是反映出他內心性格中、本質裡重要的構成部分？S的感情經驗是人盡皆知的轟轟烈烈、豐富繽紛。眾所周知的五段戀情、兩次婚姻，可以說，一生圍繞在他身旁的太太、女友、乃至女兒，都是名女人。

曾經有一次，難得和他聊天提到這個話題。他難得的清醒且篤定地告訴我，不管是為了他做出重大犧牲的女性，或是對他造成創痛傷害的情人，他都深情地摯愛。而且，對她們每一個都盡其所能地做到不要有虧欠，不要有怨懟。雖然，終究還是不免虧欠、遺憾、怨懟。這種愛人的方式，是怎麼樣的一種執著呢？執著的，是他所對待的女人，或是他對女人的對待？抑或都不是，是執著於他就是要做一個這樣對待女人的自己呢？

S的過往人生如此奇特，含著金湯匙出生，在財富中長大，於名利權勢的擁戴中生活。這五光十色的榮華富貴，是他的功課，是他的考題，是他必修的試煉。這是一條貌似天堂般的課程道路，一般人可望不可及的生命經驗。但恐怖的、值得提心吊膽、驚心動魄的是，這門課若修得不好，不好好修，前述那段麥可．艾尼斯的話倒裝過來，變成了：「去地獄最有效的方法，就是熟悉去天堂的路。」那，將會是何其不幸，何其哀矜呢？

苦厄渡盡

——阿賓的故事

儘早假釋，是阿賓個人唯一的希望，也是他的家庭得以修復唯一的寄託。可是，命運卻不斷地作弄他，讓他始終看見希望卻找不到出口，有所寄託卻一再地失落。

「有待承受的痛苦何其多。」這是十九世紀跨越至二十世紀浪漫主義時期、德國偉大詩人里爾克（Raimer Maria Rilke）的詩句。簡短的一句話，就直接道出了身而為人的沉重負擔和悲劇本質，令人感動戰慄。禁錮於獄中多年，這是最常浮現在我心頭的話語。

在監獄裡，有一種人一直是我很尊重，甚至相當佩服的：那些幫人洗衣、洗碗的人。清洗衣物，是一對一的服務。雖然是兩廂情願的對價關係，但在銀貨兩訖之餘，多少難免還是會有那麼一些類似上下主僕似的身分階級感受在無意間形成；至於洗碗，則比較像是一種集體外包型態的作業，尤其在八德外役監更是明顯。

這裡只有兩棟舍房，一棟舍房一百多個人，吃飯六人一桌，分成二十幾桌用餐。如果飯後每桌或每人統統跑去洗碗盤，水龍頭只有五、六個，豈不是要擠成一團、爭先恐後、天下大亂？

所以，不知從什麼時候開始，也不知怎麼組織起來形成規矩慣例制度化的，洗碗的工作，全體委託給一小群大概五、六個人專門負責，費用是一個月三百元。這組專職人員三餐碗筷盤盆不但清洗得極為乾淨徹底，洗完擦拭得光亮清潔，還要將每一桌、每一個人的餐具歸置於每桌每人原位，連一隻筷子都不能搞丟、搞混、搞錯地方，不但辛苦、還得講求高度效率和工作水準。這個外包代洗小團體，我們稱之為「洗碗公司」。

之所以會尊重這些洗衣、洗碗的同學，因為他們的工作是沒有什麼適用勞基法一例一休、做五休二的，全年無休。我常注意到他們的手，在寒冬冷水中洗到紅腫龜裂，只是為了自食其力去賺取這極為微薄的報酬，當然值得尊重。

至於佩服的，更在於這洗衣、洗碗中的許多人，或許過去曾是混跡街頭市肆的角頭兄弟，曾是受過高等教育的公務人員，曾是創業有成的企業老闆。他們絕口不提過去，過去的一切已經不再擁有；他們放下任何身段，所有的身段已經毫無意義；他們既不卑亦不亢，卑亢無形地日復一日靜默於盡職本分，當然值得敬佩。阿賓，就是這其中我所尊重敬佩的一位。

「洗碗公司」傳說中的創始者

乍見阿賓的人，大概都會心生畏懼、退後三步，不敢太靠近吧。他就是人稱（也自稱）的「歹看面」：黝黑的膚色，精壯結實、沒一分贅肉的體格，加上全身花紋斑爛的刺青；頭髮是那種和黑人一樣長到兩公分就自然極捲曲，只好永遠以光頭為唯一造型的天生遺傳；不必講話，光用眼神就好像可以殺死人的凶神惡煞表情；一天一千下伏地挺身是兩手架在不鏽鋼杯上在練的，練出的兩塊胸肌厚度高達三個指幅。

這樣的阿賓，就是八德外役監「洗碗公司」傳說中的創始者。他的編號〇〇九，可見資歷有多深，在這裡沒人關得比他久。阿賓做為洗碗公司的總召集人，他不是糾集「員工」代收薪資、從中抽成剝削勞力的老闆，而是自己也下去洗，洗得和所有人一樣認真，也和所有人分得一樣的平均薪資，一毛錢也不多拿。同時，自己也接 case 幫人清洗衣物，洗得比別人還用心，服務得更周到。

這樣的阿賓，雖然可以想像過去的他可能多麼的逞兇鬥狠、喋血江湖，卻難以模擬現今的他如何做出這麼大的轉變。不知為什麼，像阿賓這樣的人，反而和我很合、很投緣。不知道從什麼時候開始，阿賓成為我在八德最要好的朋友，成為極少數我能聊天談話的對象。

日漸熟悉之後才發現，原來我根本不知道阿賓過去的兇狠程度，其實遠遠地超乎我的想像。是那種吳宇森還沒去好萊塢被馴化，在香港時期拍的《英雄本色》那種等級類型的兇狠。畫面是：仇家高速飛車迎面而來撞他，被他縱身躍開，翻兩個跟斗沒撞到。他回去抄傢伙、帶齊裝備，到對方地盤堂口先用衝鋒槍掃射兩個彈匣，丟兩顆手榴彈爆炸過後，再補上幾顆汽油彈引燃烈火，然後轉身點根菸，吹口哨脫離現場。

真實場景情節，我查證覆核過許多證言，絕無誇張。那個時候的阿賓，在三重、蘆洲、五股一帶，是名號響亮、人見人怕的人物。每個週末出去尬車，後面都跟著四、五十台車。每次和人尋仇開幹，一叫都是一、兩百個手下嘍囉。

生財之道「事業」經營也非常多角化：清涼西施檳榔攤一開十幾家；工地喜慶歌舞團有脫衣、沒脫衣的加一加二十幾組；線上簽賭、線下實體賭場生意、代客討債、地下錢莊，無所不做，做的方式手段也無所不用其極。一直做到這條暗黑之路的營生行當，終究要出事被捕入獄，嘎然而止的那一刻。

放假探親的折磨與傷心

我認識時的阿賓，頭額上的銳利尖角已經收斂了，客氣、有禮，時而有點心事重重。慢慢地我才明白，他的噩運是接踵而來的。入獄前不久，太太生產第二胎女兒時難產，女兒雖然無恙，太太卻因手術中腦部受到傷害而癱瘓，行動、生活陷入幾乎無法自理。

阿賓坐牢服刑前，自己的父兄姊弟早已斷絕關係。入獄後留下一點過去揮金如土時代沒花光的積蓄很快就用盡了，於是兩個孩子分別寄住在不同的寄養家庭，太太一個人獨居，經常一天只能吃到一餐飯，靠著阿賓寄回家的錢勉強維生。一家四口，四散在四個不同的地方。

更悲慘的是，直到來了外役監，可以放假回家，他才知道原來當初允諾他會代替照顧太太的岳母，多年來根本沒有盡到看顧的責任，甚至還把他留下的那筆最後的積蓄私自挪用殆盡。而且，每個月幫人洗衣、洗碗寄回去的生活費，也都成了岳母購物消費的開銷，幾乎沒用在自己妻子兒女身上。

本來對外役監受刑人來說，放假返家探親是一件最快樂開心的事情，但對阿賓而言，卻完全不是這麼一回事。每次放假，就是一次折磨，就是一次傷心。折磨於，他必須到處去向以前認識的朋友借錢籌款，去應付滿足岳母不斷的需索、無度的要求。傷心於，妻子為著身體的障礙而精神日益憂鬱消沉，孩子也無從好好養育教導，行為逐漸偏差。而這所有的一切沉重、一切負擔、一切困境，他都無能為力，都無從解決改善。

在這樣的過程中，或許就在這種折磨與傷心的作用之下，從前那個凶狠好鬥的阿賓不見了，那個凡事不擇手段、不顧後果的阿賓消失了。取而代之的，是一個客氣有禮，默默洗衣洗碗的阿賓。一個時而心事重重，為著妻兒煩惱而不知如何是好的阿賓。

假釋的判定標準何在

阿賓的家庭境遇，只有等他出去了才有可能妥善的處理。他的困難，只有透過重獲自由，回歸社會後努力打拚才有機會克服。他是八德外役監營繕組最資深的技術工，舉凡木作、油漆、裝修、土水、鐵工，都難不倒他，一身的好本領、好手藝。

若要走正途，將來組一個工班，從小規模的工事承包做起，未必不能有很好的發展，至少養家活口絕對沒有問題。儘早假釋，是阿賓個人唯一的希望，也是他的家庭得以修復唯一的寄託。可是，命運（或者換一個名詞：「官僚機構」）卻不斷地作弄他，讓他始終看見希望卻找不到出口，有所寄託卻一再地失落。

阿賓的刑期長達十一年，服刑過半開始申報假釋之後，每申請一次，就被駁回一次；再申請，再駁回，到現在已經破紀錄的被駁回五次了。每一次被駁回，就要等隔了四個月，才能再申請。算一算可知，駁五次要多關多久。

為什麼一直被駁回，誰也不知道。反正我國官僚機關對於假釋的准否，沒有一套客觀標準，作成決定也不需要任何充分的理由，自由心證的空間無限大。和阿賓同樣的罪行，同樣的刑度，甚至同樣的未與被害人達成和解，有的人第二次申請就核准了。原因同樣不詳，無從論證，無從辯駁檢視。

如果說假釋與否的根據應該建立在服刑期間的行為表現來證明其「教化」效果是否良好，那麼，不要說阿賓在監期間完全沒有任何違規紀錄，確實符合假釋規定，他那令我尊重的替人洗衣洗碗、任勞任怨，他那令我敬佩的不卑不亢、靜默盡職，難道不是「教化有成、悛悔有據」的最有力證明嗎？

問題是，那些手握假釋准駁生殺大權的機構官僚們看得見阿賓的努力嗎？他們能夠感受到阿賓的改變嗎？更不用說，假釋審查官員們可以體會到阿賓每被駁回一次，他的家庭、他的妻兒，就要多付出多少痛苦做為代價。而，駁了五次，失望了五次，這逐次累積起來的痛苦代價總共又有多麼巨大嗎？

有待承受的痛苦必須選擇

我當然不至於鄉愿無知地認為，遭到阿賓傷害的受害人及其家屬所應得的正義補償可以視而不顧，在審判或假釋的判斷時不需充分考量。甚至更不認為，一個犯罪者服完刑期，他的罪愆就可以從此一筆勾銷，他對受害者的罪過就能消除得一乾二淨。傷與痛，苦與悲，既是永遠刻劃遺留在受害者的身之上、心之內，那麼，罪與罰，業與報，就是加害者一生、甚或是累世都必須背負承擔不得卸除的。

里爾克「有待承受的痛苦何其多」這句話，不只照準了犯罪行為的受害者，更且適用於加害者。傷害別人的人若毋庸承受更多的痛苦，這世間就太殘忍殘酷了。

我當然也不至於天真樂觀地以為，在獄中安分克己的阿賓，出去之後絕不會再走回過去那條暗黑的老路。也不至於過度膚淺勵志的相信，只要努力認真，吃苦當吃補，愛拚一定會贏，前途必定光明，困難定能解決。

可以預見地，阿賓的未來，不管選擇踏上哪一條道路，邁往哪一個方向，重操做兄弟賺容易錢的舊業，抑或是腳踏實地、逆來順受的討生活過日子，必定都是艱難、辛苦、不容易、充滿挑戰與危機險阻的。對阿賓來說，「有待承受的痛苦何其多」這句話，難道不是不管他做出哪一種選擇都存在、都適用嗎？

是以，從阿賓的故事我們才依稀明瞭，里爾克說的話雖然沒錯，卻不夠準確。痛苦，的確是我們生而為人無法規避逃脫的實存。但是，痛苦不是只有一種，可以有無限無數種。因為人的選擇，不是只有一個，可以有無限無數個。選擇，牽連著痛苦。於是我們遂可以透過自己的選擇，決定自己要承受何種痛苦。是要負擔起那良知未泯的痛苦，還是要迎接投入魔鬼懷抱的痛苦，誰也不知道。但願阿賓自己能夠知道。

選擇那個屬於我們的痛苦，然後承受。這句話，應該緊接在里爾克的詩句之後。

顛倒夢魘

——阿昆的故事

原來詐欺者的謊言，再怎麼離譜荒謬都有人信，其實是一種「有夢最美，希望相隨」的心理效應。而且一旦信了，就越來越自我強化，越不肯從漫天大謊中清醒過來。因為心底深處拒絕，一旦夢破碎了，什麼都沒了。

「有些事物，只有置身灰暗的世界當中，才能看清楚它原來的樣貌。」這是日本作家朱川湊人在他的小說《昨日公園》一書中的話語。我常覺得，用來形容監獄這個地方，再貼切不過了。

不只是事物，特別是「人」這樣的物種，被置放在監牢這樣的環境裡，很難隱藏住他的本質、心性、人格（從內在來說），更不用說要矯飾自己的才能、稟賦、實力了（從外在而言）。

一般在社會中的普通正常互動，人和人的關係，是點和點的時間接觸歷程搭建架構出來的。人們盡可以有意識地，亦可能無意識下，只將自己想像中主觀的或僅是客觀實存裡的一部分呈現在別人面前。所以，欺瞞詐騙、偽裝美化、隱惡揚善，相對可行而容易，尤其在FB、Twitter、Line這種去中心化、分散式訊息流通的時代，更是如此。

在監獄裡則全然不同：二十四小時全透明毫無

遮蓋，吃喝拉撒睡統統在一起，宛如一場全然不斷電、沒廣告插播的真人實境秀。只是，你在觀察別人，所有人也在注視著你，彼此同為演出者與觀眾而已。用一個其實滿悲傷的比喻，我們就好像被養在水族箱裡的魚一樣，沒有什麼言行舉止可以脫離得了管理者的監看，同時，也彼此無法逃避地在監看彼此。而且，這還是一只過度養殖、密度擁擠不堪的水族箱。

比例超高的兩種惡人

在這個起居存活密度超高（一般監獄平均個人生活空間不到〇．七坪，外役監好一點，至少一人有一張床）的地方，很奇怪的，有兩種極不受歡迎的人，出現比例卻是出奇地高。一者，我稱之為躁憤者。這種人的特徵是，通常極端地狂妄自大，自我中心，自己永遠是對的。任何一丁點雞毛蒜皮的小事，只要不合他的意，情緒就會引燃暴走，或者破口大罵、幹譙人家祖宗十八代；或者威脅吆喝，不惜隨時幹上一架。另一者，則可稱之為陰詭者。時時刻刻側耳偷聽別人在說些什麼，日以繼夜觀察瞄看別人在做些什麼；或者鉅細靡遺記在心裡，或者簡繁不計、大小不分，一一做成書面清單，累積等待著派上用場的時候到來。

這兩種人，雖然行為模式截然相反，卻有著個性與習性上非常一致的共通性。在個性上，都是自私得近乎偏執異常，會在工作勞動輕重負擔上吃不得一點虧：為什麼他去澆花，我去掃樹葉？抗議！會在日常生活資源分配上斤斤計較：為什麼你的雞肉比較大塊，我洗澡要排在他後面？抗議！

不只如此，他們特別沒辦法忍受任何人得到一丁點他沒有的待遇，見不得任何人的任何一丁點好：為什麼他這星期多了一次會面（其實是立委來辦了特見）？為什麼你可以去外醫我不可以（其實人家血壓高到一百八十昏倒了）？抗議！至於習性上的共通性則是，也很奇怪的，躁憤者和陰詭者都很喜歡檢舉。前述的抗議事項，都是他們的檢舉素材，無事不可以檢而舉之。

不過，兩者採用的手法不同。躁憤者通常是公開舉報，而且必然事前事後大肆宣揚，當做光榮壯舉，違恐天下不知其為正義使者、檢舉魔人；至於陰詭者則多數採取祕密告發，匿名投訴，遍灑黑函漫天。矯正署、法務部算小兒科，立法院、監察院是一定要，總統府副本抄送，必要時還得去水果報紙、八卦周刊投書爆料。

可以想像，全年無休、躲也躲不開地每天要和這兩類型的人生活在同一只水族箱中，日子有多難過。我還是要再次強調，真的太奇怪了，為什麼這種人在監獄裡就特別的多。在我服刑的多年期間，周遭從來無間斷且不只單數地環伺著，完全不符合「比例原則」嘛。難道，這種在社會中定然令人生厭的人特別容易被關進來監獄以與社會隔離嗎？

典型陰詭者的非典型身分

阿昆，就是一個典型的陰詭者。

六十幾歲的阿昆，乍看之下，是位無害的老人。一五幾的身高，花白的頭髮，講起話來輕聲細語，加上吃素唸經，不太和人往來，每天花最多時間做的就是坐在自己床位上抱著一本佛經在誦唸。唯一會讓人覺得些微不安的就只有那雙眼白居多的倒三角眼，眼神總是飄忽不定，從不曾和人四目對視。真正相處下來才發現，在貌似無害的背後，其實隱藏著恐怖。

阿昆是園藝組裡沒有人願意和他一起做事的孤鳥，因為所有人和他共同工作的經驗都很不愉快，永遠要求別人做的比他多，理所當然地把粗重勞累的部分推託出去給搭檔的人。理由五花八門：比他年輕的要多做些，比他高大的要多做些，比他晚來資淺的要多做些，再不成，他今天感冒別人要多做些。弄到大家都不爽，主管沒辦法，乾脆固定分配給他獨立作業的項目，於是他也就樂得成為每天自動提早收工回工寮休息的人。

在工寮休息，是同學們天南地北畫唬爛、砍大山、瞎聊天、吹牛兼交換監內小道消息八卦傳聞的時間。阿昆從來不和人攪和，總是一個人躲在樓梯間轉角處，狀似入定養神，眼睛半瞇只露出四分之一的眼白，其實耳朵聽力雷達接收功率全開，將眾人講的話、說的事，一一用心記住。

後來我們才知道，其中蒐集到的「有用」情資，他回舍房後全部一一條列登錄在筆記本中。出工時如此，收封後、假日時，同學們在舍房的各種對話言行，也是如此。不知道身邊幽靈般存在著一個幹著這等勾當的人，豈不是很恐怖？就算知道了，意識到自己周圍有個陰詭的阿昆，還是很恐怖！

典型陰詭者阿昆，同時還有一個非典型的身分，或者說人格特質，叫做詐欺者。在監獄裡，犯人們用台語將這種人稱之為「詐欺ㄟ」。用詞尾加個ㄟ將動詞予以名詞化，既是指示代名詞也是專有名詞，可見監獄語義學之簡潔高妙。

陰詭兼詐欺ㄟ的阿昆，他的行動模式都是一對一的、單線的、私下的、神祕兮兮的。和人互動，通常以著「我甲你講，毋莫厚別人知喔……」這樣的詞語開啟話頭。從他口中散布出去的訊息，就好像烏賊噴吐出來的墨汁一般，很快地就會在監獄水族箱裡散布開來，墨黑原汁和水分子迅速吸收結合。

神祕大亨的匿名檢舉函

一開始傳出的耳語是，阿昆其實是神祕大亨。在海內外擁有數百億資產，投資的企業不計其數，太太子女都移民美國，本人還是成大畢業的……

後來，開始有人議論紛紛：八德外役監要進行拆遷擴建，聽說阿昆要捐工程款十億。不、不，是二十億。到最終，他的認捐價碼是一百億……

或許你會懷疑，這種膨風荒唐的自抬身價有人會相信嗎？還真的不是沒有。

東方文華酒店在台北開幕營運，阿昆說那是他個人投資的，分別向五個管理員炫耀一番後，就頗為深思熟慮地提出：「我看你能力很強，在這裡管犯人太可惜，可以來東方文華做高階主管，先從副總做起，再提拔你做總經理，這樣人家才不會講話。」五個主管聽了，兩個不當回事，一個嗤之以鼻，一個當場回嗆：「騙肖仔！憑你，豬都會爬樹！」有一個信以為真的，從此以後就對阿昆很好，變成他的麻吉兼靠山。吹牛畫大餅不用本錢，二十%的成功率，是穩賺不賠的高效益投資。

巨型構造式謊言的崩解，往往是從很小的破綻引發連鎖效應造成的。阿昆剛來到八德不久，不知怎麼地就唬弄了一個小混混年輕人，幫他預繳了半年的洗碗費用，一個月三百元，共一千八百元。理由大概不外乎家人在美國來不及幫他匯款，將來會好好回報栽培這年輕人之類的。

過了兩個月，年輕人覺得越來越不對勁，夢醒了、看清了、不玩了，要阿昆還錢。沒想到，百億身家的阿昆竟然還不出這區區不到二千元。允諾的還款期限一拖再拖、一延再延，拖延到全監的人都知道，都當成一場笑話在看。

此時，別忘了阿昆還有著陰詭者的另一分身。此一分身，讓他和同學之間的積怨日深、摩擦日頻、衝突日熾。慢慢地，大家開始警覺到，每次阿昆只要放假，一週之內，矯正署等各機關就會收到有關八德外役監的匿名檢舉函，內容詳盡羅列最新最近大小各式只有在此服刑的犯人才會知道的事情：誰突然有茶葉喝啦，誰抽起裡面沒出售牌子的香菸啦，誰把伙房的雞蛋偷帶一顆回舍房吃啦……

於是，每次都會引起上級機關發動徹查，八德外役監就得被弄得雞飛狗跳、雞犬不寧，突擊安全檢查只差沒把地板掀開，生活管理規則也因此越來越嚴格。檢舉是匿名的，沒證據是阿昆投訴。但，犯人的直覺絕對也是一種眾人智慧，大家都心知肚明：百分之一萬是阿昆幹的。

無限膨脹的「詐欺ㄟ」話術

在這樣子眾人對一人，質疑不屑又敵視的緊張關係中，只有兩個人始終力挺阿昆，也是他最為「成功」的案例。

一位，是曾經擔任檢察官轉職的律師。他一直堅信，阿昆真的是企業鉅子，將來出去要聘他當法律顧問。他更認為，寫密告信函的絕對不是阿昆，他相信阿昆的人格，相信阿昆的品德。大家紛紛將匿名檢舉的創作者指向阿昆，形成巨大的壓力之後（甚至他的碗都沒人願意洗），阿昆只好賣力為自己撇清，指證歷歷的說：「其實不具名的抓耙子就是某律師。」將黑手責任一概推給他，這位律師還是堅持相信阿昆，不能接受這就是一個騙子的事實。

另一位，是曾經擔任知名創投公司副總的財經專業人士。阿昆到處跟人說，他從海外匯了大筆錢讓這位創投專家操作股票，金額從十億傳到二十億，等到阿昆神祕地親口跟我透露時，是：「我從美國匯了三億美金回來，給他投資。」乖乖，一百億。不是親耳聽到，我真不敢相信，不敢相信這阿昆真的什麼話都敢講。而這位理財專家，從頭到尾都深信不疑於阿昆的經濟實力，直到假釋為止，阿昆的每月三百元洗碗錢，都是這位投資專才為他代繳的。我敢肯定，這筆代繳費用的投資，保證血本無歸。

原來詐欺者的謊言，再怎麼離譜荒謬都有人信，其實是一種「有夢最美，希望相隨」的心理效應。而且一旦信了，就越來越自我強化，越不肯從漫天大謊中清醒過來。因為心底深處拒絕，一旦夢破碎了，什麼都沒了。於是，一再地產生行為心理學上的「認知偏誤」現象：只選擇接受自己相信的（非）事實。阿昆把這種詐欺話術發揮到淋漓盡致，讓我們親眼見識到了這兩個「成功」案例。

阿昆到底是犯什麼案進來的，在他和全體同學鬧得不可開交時，有人趁放假去Google了，才知道他真的是「詐欺ㄟ」。是誆稱如何能通天跨海替人喬事騙錢，牛皮吹破，事喬不成，錢又不還，才被判刑的。總之，做為詐欺者，一路走來，始終如一。

被騙，多少有一點一個願打一個願挨的味道，至少，部分要歸咎於被騙者的不智或不察。但那些被阿昆以陰詭者分身所構陷、誣告，而無辜受罰遭到牽連傷害的人，又該怎麼對待身旁的這種脅迫呢？

阿昆為監獄這一透明澄亮的水族箱世界，增添了灰暗色彩而得以清楚辨識其存在。但在本就混沌濁污的社會中，又是何其容易隱飾潛藏呢？但是說不定，一位陰詭者加詐欺ㄟ，在不為人知之處，也有著良善可憫的另一面，否則他怎麼去面對每日誦唸的佛經中那些諸神菩薩呢？

如何對待阿昆這樣的人，我心中同時浮現了《舊約聖經》：「愛鄰如己」的箴言（利未記 19-28），以及尼采的警語：「同情所有的人，對你、我的好鄰居而言，都是暴政。」竟不知，究竟哪一句話才是正確的了。

信之所在

——H的故事

他的學業沒了，不敢回學校；他和家庭失聯了，擔心連累親人；他一個人躲了起來，也曾經在深山佛寺裡掛單長住。強烈地質問：人生到底為啥？希望到底何在？強烈地想要出家。

「我只害怕一件事，我配不上自己所受的痛苦。」這是杜斯妥也夫斯基的名言。關於痛苦，服刑的經驗，讓我體會得異常深刻。經常自嘲地這麼說自己：「我應該是所見所聞所知的人之中，最認真在關，被關得最認真的人了。」有點開玩笑，但大部分是真的。就算在坐牢，也不想讓這段生命就這麼白白的虛擲消耗掉，不願意行屍走肉地只是活著，不希望一片茫然地一味等待計數未來。

認真「被關」與「內觀」

那，做什麼才不浪費時間呢？

用功讀書吧。我精確地每一季做一次閱讀清單的統計，平均每三個月可以看完八十本中文書籍，三本英文原著，三本厚達四百頁日文的《文藝春秋》，至於其他的周刊、雜誌、期刊，則不及備載。

努力健身吧。我逐步發展出一套不靠器械設備，只利用體重和地心引力對抗的囚犯徒手運動方法，強度份量大到一天可做五百個併手伏地挺身、加五百個仰臥起坐、加五百個併腿深蹲，再加五百個開合跳。配合嚴格的飲食管控：無糖，幾乎無精緻澱粉，下午五點到隔天早上七點、長達十四小時不進食。幾年持之以恆下來，體重從飛黃騰達、腦滿腸肥時期的八十二公斤降到維持在六十三．五上下〇．五公斤，BMI 22，順便練出六塊腹肌。

埋首寫作吧。在這只能以筆書寫的地方，靠著一塊墊在腿上的紙板，我寫了超過百萬字，出版了三部小說，還有一部哲學筆記、一部神學講座、一部修行手記，以及十大冊的讀書心得、生活紀錄，外加難以計數的家書。書寫的附帶產物是膝蓋屁股的厚繭，以及手腕關節永難復原的脫離錯位。

另外還有一件認真坐牢必做的事：內觀打坐，正念正定，每天至少一小時。不過，完全沒有任何不可思議的神祕體驗，更不要說達到開悟境界了。但，仍不懈不怠、傻傻地照坐不誤。

此種程度的認真在關，這牢，是不是坐得認真到近乎瘋狂？有點是，大部分不是。我其實心裡很明白，這是在自我虐待。是刻意地以自虐所產生的痛苦，來蓋過，或者說超越，坐牢本身既有的痛苦。讓自己受虐得更苦，去淡化稀釋遭到禁錮失去自由的苦，以及這苦所帶來的，更多的思念、記掛、擔憂、傷悲等等，求不得與愛別離的疾首心痛。

多年服刑於獄中，這認真在關第一名的寶座，我始終霸占著不曾讓位。但有沒有也被關得很認真足堪評比為第二名的人呢？有的，那就是H。

人生到底為啥？希望到底何在？

H初來乍到八德和揮別離開的意象，前者的意外事件堪稱壯烈，後者留下的身形可謂華麗。壯烈事件發生在移監不到兩週的新收期。在新收期間，受刑人必須接受長達七週（現減為一個月）嚴格的集中管理，類似震撼教育。大量體能操練，勞動作業，列隊行進軍歌答數；先磨練一番，再分配單位下放工作。新收犯人一舉一動都被嚴厲監控，稍有不慎，動輒得咎。

完全搞不清楚狀況的H，在會客的時候把一封信夾藏在鞋子裡，要託家人帶出去轉寄。檢身時，這封不乖的信好死不死的自己掉了出來，於是立刻抓起來，關到獨居的違規房去，隔離調查。這個行為成為殺雞儆猴的示範教案，辦違規，扣分，關了一個月禁閉，處分極重。其壯烈之處在於，H根本不需要這麼做。在外役監，放假時你要帶多少信出去寄都隨便你，不然會面時書面文件資料也可以光明正大拿給親友。他的違規純然是教育性質的犧牲，是以壯烈。

就從H禁閉在隔離舍房裡，我開始認識他。從沒有人像他被禁閉隔離得這麼認真的，鎮日噤聲不語，閉目沉思悔過。事後很久，H告訴我，那段日子他確實真心地在檢討反思，責問自己：為什麼都已經落在這種境地了，還學不到教訓，還要去做一些貪圖一時之便、心存僥倖的事？

H，是個在獄中少見、擁有自我省思能力的人。他是生長於鄉下農村的孩子，家裡耕著幾甲的田地，水田種稻米，旱地栽西瓜，兄弟姊妹都是農作的勞動力。一年四季，除了下田，還是下田。H是老大，從小讀書都是第一名，永遠當班長。功課好，只有一個原因：不想種田，做農太苦了。學業成績優異，才有機會脫離農田。

大學考上成大，幼年的窮苦讓他的價值目標確立得又早又清楚：賺錢，賺很多很多錢。二十歲還在學期間，他就已經是補教名師，又開始投資股票，賺到可以買部車開去上課。三十年前的成大，全校只有他一個。

福兮禍所倚。大學畢業前夕，前途一片光明的H竟然無端捲入一起糾紛，成為黑道擄人勒贖的對象，被持槍綁架脅迫簽下數百萬元的本票。他的學業沒了，不敢回學校；他和家庭失聯了，擔心連累親人；他一個人躲了起來，也曾經在深山佛寺裡掛單長住。強烈地質問：人生到底為啥？希望到底何在？強烈地想要出家。

出家不成，兵單來了，父母登報尋子，呼喚他回來當兵。服役、退伍，他重新思考，重新尋找，再次確立自己的價值目標：賺錢、賺更多更多的錢。

我曾經問過H，他認為職業生涯累積歷練出最大的專長才能是什麼？答案是：行銷。H說，連靈骨塔加生前契約，不過是一張紙，他都能賣得嚇嚇叫，還有什麼他不能賣、不能行銷的？

軍中退役後，H就從靈骨塔開始賣起。公司設定半年的業績要求，他報到上班一個月就達標。三個月後，晉身鑽石級的銷售冠軍。不到一年，擢昇為最高等級的區域營業負責人。自此之後，轉戰各種不同領域的產品行銷，H的職涯不斷地在金錢堆中打滾，遊走於灰色地帶的法律邊緣。價位越抬越高，規模越擴越大，到最終，他行銷的是未得金管機構核准的海外投資基金，進出金額輕易即從億元起跳，賺了很多很多錢，直到出事：遭到檢調搜索、羈押、起訴，所有財富一夕之間化為烏有。

我為什麼活著？將往哪裡而去？

H觸犯的是銀行法，這種多數本質為吸金案件的罪行，通常有大量血本無歸的受害投資人。罕見地在他的案件裡，一個也沒有；所有被他「行銷」參與海外基金投資的客戶，全部拿回他們的本金，並且和他達成了和解。

H因此一無所有，他不像絕大多數吸金罪犯，把受害者的錢藏得不知去處，等到坐完牢關出去再來好好享用。他賠給投資人的，用的都是自己的錢，甚至連一位我認識的黑道大哥都稱讚他，沒見過處理金錢的事情上，這麼乾淨乾脆的人。我問H，為什麼決定這麼做。他說：為了心安。

就這麼孑然一身、乾淨心安來坐牢的H，繼續在獄中思索反省：人生的意義是什麼？自己要的究竟是什麼？

他是一個行動力迅捷於思考速度的人。因為曾經違規，高學歷的H不能被分配在監內擔任服務員，只能發配到外僱工廠去做工。在外僱工舍房，多是年輕力壯、刺龍刺鳳、混出事來關的年輕人。他不僅諄諄善誘地開導他們，引導鼓勵走上正途、走回正軌，甚至搞到放假時自掏腰包僱遊覽車，安排導遊行程，揪合這些年輕人帶著妻兒進行六福村或小人國等一日親子遊。參加人數可以高達二十幾個家庭，吃飯得席開五、六桌。透過家庭凝聚力來挽住這些血氣衝動的年輕人不再走偏走歪，H的教化工作，做得比獄中的教誨師更教誨師。

在外僱工廠當了一整年地下志工教誨師，H終於有資格調回監內擔任合作社服務員，我們開始能夠朝夕相處。他的學習動機、學習企圖、學習能力都很強，有這樣的人可以教學相長，於我，真是求之不得。

他想要更深入的了解佛法，我就介紹次第分明的佛學典籍，並且進行佛理的論辯思證；他要加強經濟發展和未來趨勢的知識，我就開出一系列經濟基礎理論以及AI科技書籍的清單，而後展開總體財經和產業創新的討論；他希望領略純文學作品的世界，我當然毫不遲疑地叫他先閱讀我寫的那三部小說，然後，才是一本又一本的日本文學家創作。最後，他愛上的是太宰治。

就在這樣也是長達一年的熱切學習中，H並沒有忘記那個生命中一直得不到答案的問題：我為什麼活著？我將往哪裡而去？於是，我請他讀《聖經》，把新、舊約都再讀一遍。然後，憑藉著我在獄中這幾年整整讀了三遍而自以為是的一些對宗教、信仰的理解，和他說著什麼是見證，什麼是神蹟，什麼是啟示，而，什麼又是救贖。

原來，神一直就在身邊

就在H即將開始申請假釋前幾天，他突然鄭重其事地說有事要告訴我。凝視著我的雙眼，H說：「進兄，我知道我未來的人生，下半輩子要做什麼了。」

「真的？你要做什麼？」

「我最擅長的是行銷，從今以後，我要行銷『信仰』！」然後，開始娓娓道來擱置在心中許久的體悟。他發現且確信，原來自己生命歷程中每一次的挫敗災厄，都是神在作工，也是神在牽引拯救。原來，神一直在他的身邊。

最驚奇的是，他認識到了：神認識自己！所以，H要行銷信仰的意思，絕對不是那種宗教商品化的營利事業，而是他深信神的存在，他深證神的力量，他深知神的偉大。是以，願以餘生之力，將這樣的認知、見證、信心，傳布出去。他要當一位傳道人。

矢志成為傳道人的H，第一次申請假釋沒通過，必須多關三個月。都已經見證神蹟找到生命意義了，多這三個月時間要做什麼？來跟我健身吧。

我運用自創的囚犯徒手運動法，加上飲食控制計畫，為H量身打造了一套健康體能強化方案。目標是：三個月內減重十公斤，BMI從二十八降到二十四。這是一段絕對痛苦的過程，整天處於半飢餓和極為飢餓的狀態，每日運動的強度份量一天比一天往上累加，每一次每一下動作都在瀕死經驗中咬牙切齒或意識恍惚地完成，若沒有超強的意志力（或許加上超嚴厲的督導），正常人非常難以撐得過去。

H撐過去了，不但完全達成預期目標，而且一貫符合他風格地提前達標：二個月就瘦了十公斤。年近五十的中年大叔還能練到核心肌群開始出現線條，看得獄中年輕人嘖嘖稱奇、驚嘆不已。帶著這樣美好的體格外型，第二次假釋申報通過揮別離開。如此的身形，豈非華麗？

H再也不用擔心自己配不上人生中所承受的痛苦了。痛苦有多麼巨大，生命就多麼有重量、有價值。而這一切的痛苦與生命的質量，都已隨同他所經歷的，或者壯烈，或者華麗，徹底地歸諸神的懷抱了吧！

我深信，信神的H是有福的。祝福你，H！

家的想望

——阿哲的故事

服刑前審判的三個月期間，他無意間認識了一個女孩，在百貨公司擔任專櫃的可愛女生。想說都要去關了，不可能會有結果。沒料到，這女孩在阿哲入獄後，一週給他寫一封信；在一般監獄的二年多，一次也沒間斷過……

「啊！一個人的境界應該超越伸手可及的範圍，不然要天堂做什麼？」這是羅伯特・白朗寧（Robert Browning）的詩句，一個輕聲的嘆息，卻是十足的沉重。沉重於，超越二字，做為生命的課題，命運的處境，是多麼的艱難，但又是多麼不得不然。

如果我們的境界，沒有了提升的可能，失去了向上的機會，或者，根本放棄了追求昇華進步的意志，頹然棄手投降。那麼，天堂無路，救贖無門，希望無著，人生也就永恆地只能在黑暗迷宮中跌撞迴轉而已了。

不那麼典型的問題少年

阿哲，就是一個不願僅只存活在伸手可及範圍裡的年輕人。入獄，是他嘗試超越既有處境的開始。兩個都是他最要好的朋友，一個被殺身故，一個殺了人潛逃亡命。兩個朋友唯一的交集是他，而他，成了唯一為此付出代價坐牢服刑的人。從來沒有想到，自己有一天竟然會被關，阿哲這麼說。怎麼走到這一步的，這要回溯到他的媽媽過世，才知道究竟為什麼。

阿哲從小又乖又聽話功課又好，學業成績始終保持在前三名。爸爸忙著工作沒有什麼時間顧家，可是媽媽將他顧得很好。有了媽媽的愛，他的童幼少年，一點也沒有缺憾。國二那年，媽媽因病往生。那一天，阿哲至今歷歷在目，記憶分明。他在客廳做功課，一陣涼風從背後吹來，有眼神目光在注視著他，很熟悉的感覺，是媽媽。

一回頭，穿著平日家居服的媽媽果然站在他身後，不知道在對他說著什麼。看見被阿哲發現了，急忙往臥室走去。阿哲追了進去，在臥室裡再怎麼找，也找不到媽媽的身影。確認家裡根本空無一人之後，他開始嚎啕大哭了起來。

從此，阿哲就完全變樣了。書不再念，功課管他的，成績一落千丈隨它去。基測不用考，升學無所謂，找一家好混的高職有學籍就好。沒有了媽媽的相依牽絆，像失去窩巢的飛鳥或野放山林的雲豹，阿哲開始每天在外頭亂跑。外頭，有很多陪他一起亂跑的朋友，他喜歡和外頭的朋友在一起，大家一起亂跑，讓他產生歸屬感，讓他覺得被認同，讓他仍然年輕不很穩定的心情有了寄託。

這不就是一種很典型的所謂「高風險問題青少年」走上偏差行為之路，成為反社會現象一環的案例嗎？不，阿哲一點也不那麼典型。朋友在喝酒，他不喝；麻吉在嗑藥，他不嗑；大家紛紛加入幫派或拜角頭老大當起小弟，他不混黑社會。阿哲只是喜歡和朋友麻吉大家玩在一起，聲氣相通、義氣相挺的那種感覺。

所以，集體鬥毆群架廝殺的時候必定立刻支援，迅猛出擊，是他不良行徑的極限，卻也是他贏得眾夥兄弟接納結交的主要原因。阿哲的這批朋友兄弟，在三重、蘆洲一帶就這麼越攬越大群，逐漸發展到平常隨便一call就有一、兩百人的規模；不打架的時候，就是尬車、把妹、K歌、泡夜店。

除了和朋友廝混，媽媽離世之後阿哲就開始自食其力。他既勤勞認真，腦筋又靈光，最重要的是非常負責任，所有上過班地方的老闆上司都很欣賞他。知道自己沒學歷，阿哲什麼工作都肯做，一天兼好幾份差，白天當服務生，晚上代客泊車。人家開賭局順便去顧場把風、買菸買檳榔，就這樣，他也可以做到讓賭局主人賞識信任的把整個場子交給他經營管理，抽頭分紅。

從青春期跨越到成年，阿哲如此地過著努力做事、認真賺錢，賺了不少錢，手頭闊綽，隨心花用，任意玩樂的日子。十九歲就買了一部Honda，有車好把妹，同時交了四個女朋友：一個加油站員工，一個便利店櫃檯，兩個檳榔西施，分身乏術，忙得不亦樂乎，樂在其中。直到出事的那一天……

相隔十五年的嚎啕大哭

那天早上，阿哲最要好的朋友某甲，還在Line上面和他熱情的討論，兩個人要如何如何的搭麗星郵輪出國遊玩。到了晚上，不知為什麼某甲喝醉了，不斷用手機狂罵亂譙，一直要約阿哲出來修理他。阿哲實在被惹毛了，出來就出來。講好時間地點，Call某乙，叫他「揺」人來，要輸贏了。

到了現場，嚇了一跳，對方來了二十幾人。等己方人馬趕到，嚇了更一大跳，某乙竟然叫來了一百多人。雙方開幹，一場混戰，甲方自是潰不成軍，四散落荒逃竄。沒來得及逃開的只剩事主某甲一個人，阿哲和某乙夥同一群人圍上去一陣狂亂暴打，直打到完全不能動彈。臨去，兩人走了幾十公尺，回頭看某甲一度站起來又不支倒地，某乙才告訴阿哲：「剛才，我捅了他四刀……」

其中一刀刺穿肝臟，某甲當晚送醫不治，阿哲直到隔天才知道：事情大條了。警察著手搜捕命案嫌犯，某乙二話不說坐桶子偷渡去了中國大陸，當天參與的「朋友」一一落網，所有供詞指向阿哲，警察鎖定他展開追緝，阿哲開始逃亡。

逃，能逃到哪裡去？沒有一個地方容得下阿哲藏身，阿哲自己也容不下自己：怎麼會這樣？我怎麼會害死最好的朋友？我怎麼會鬧出這麼大的事？怎麼會弄成這個樣子……走投無路，萬念俱灰，一切全完蛋了。

這時的阿哲，心裡只剩下一個念頭：不想活了，想死。想死，就去死。問題是，要去哪裡？怎麼死？沒去過濁水溪以南的阿哲決定，找一個遠遠沒人認識的地方了結自己。到台南好了，台南有海可以跳。隨便攔了一輛計程車：

「開去台南多少錢？」

「台南的什麼地方？」

「什麼地方都可以，對了，好像有個地方叫永康是不是？就永康好了，多少錢？」

「八千。」

「走。」

「少年仔，車錢可以先付嗎？」

計程車下永康交流道，天也亮了，人也累了，肚子也餓了。可以跳的海邊根本沒看到，先看到一家麥當勞。要自殺也得先吃飽，下車點了一客滿福堡早餐，連薯餅都吃得精光，才想起是不是要和久不曾說話的爸爸打一通最後的電話。手機早就丟了，找到公用電話撥回家，接通，聽見爸爸：「喂，阿哲，你置叨位？」他就哭了，嚎啕大哭的哭。這是媽媽過世之後，他第一次哭。

這時阿哲三十歲，距離上一次哭泣，相隔了十五年。邊哭，邊覺得對不起其實很關心他、只是不會表達的爸爸，對不起生前對自己期待很高的媽媽，對不起他根本沒有意圖殺害的朋友甲，對不起為了他而殺人潛逃的朋友乙，對不起自己，也對不起全世界。哭完，心裡全部都是對不起，想死的念頭也沒了。再隨便攔一輛計程車回台北，又花了八千元車錢。

一回到台北，阿哲就出面投案——事情全都是我單獨幹的，和其他人都沒有關係。他向警察這樣供稱，所有的刑責一個人扛下來。一百多個人到場械鬥，最後檢方只起訴了他一人。地院審理三個月結案，一審依傷害致死判刑九年半。阿哲放棄上訴的權利，直接報到入監服刑。

愛，讓他找回自己和未來

入獄後的阿哲，再一次完全變了一個樣。案件審理期間早就把積蓄花得一乾二淨的他，兩手空空地進來坐牢。一般受刑人在獄中工作，強制勞動，心態絕大多數和社會主義天堂的工人差不多：能摸就摸，能混就混，能偷懶就偷懶。反正再怎麼做，一天工資所得就是七塊半。

阿哲不一樣，起先分發在洗衣部，他帶著一個徒弟兩個人的工作量，轉調離開到員工餐廳後，要八個人才做得來。而員工餐廳，原先編配了六個人，他到了之後，剩三個人就足夠hold住內、外場。一位在監所任職近三十年的管理員曾忍不住讚嘆：像這樣的犯人，一千人也找不到一個。

這麼認真努力，阿哲倒不是企圖爭取模範受刑人表揚什麼的，單純只是想把事情做好，要和過去匪類的自己完全切割。另外就是把握學習的機會，一技之長還不夠，技能專長越多越好。

他很喜歡做菜，到了員工餐廳簡直如入寶庫，如魚得水。一個月每天兩餐，他可以變換推出六十道大江南北各國特色料理菜單，成天在廚房裡搞R&D，手藝日新月異，精益求精。據說，他的貴妃燒雞和泰式酸辣檸檬魚，口味已經臻至堪稱極品。阿哲在獄中培養了對餐點製作的熱愛，構築起未來朝向餐飲業發展的憧憬，也萌生出對自己人生新的想像和期待。

別忘了，入獄時的阿哲是身無分文的。如今已經開始申報假釋的他，卻有著二、三十萬的存款，要做為將來的創業基金。原來，在勞動作業之外，阿哲更盡其所能地利用自己的時間存錢。主要是幫人洗衣服，最多的時候，他曾經同時承接了五組case。想想看，每天在有限的閒暇空檔要收、換、洗、晾五套不同人的衣褲，那該有多忙多累；而且是沒有假日，一日也不得休息的。

阿哲不以為苦，工資微薄，每一分錢賺得不易。他省吃儉用，收斂起過去揮金玩樂的習氣。放假的時候，別的同學上酒店叫傳播，他最大的開銷是去市場買菜回家，做出一桌好料讓親人品嚐。

促使阿哲做出這麼大轉變的力量，除了內在自發的懺悔醒悟，還有一個神奇的外在因素。服刑前審判的三個月期間，他無意間認識了一個女孩，在百貨公司擔任專櫃的可愛女生。想說都要去關了，不可能會有結果。沒料到，這女孩在阿哲入獄後，一週給他寫一封信；在一般監獄的二年多，一次也沒間斷過。只見過沒幾次的兩個人，就這麼在魚雁往返之間認定了對方。等到移至外役監，可以放假了，更是每見一次面，感情就加速升溫一個量級。

女友的愛，讓阿哲覺得不可思議，不敢相信：我怎麼會這麼幸運？怎麼可以有人這麼的愛我？我要怎麼去愛她才可以？女友的愛讓阿哲找回了自己，也找到了未來。媽媽過世之後，阿哲離家。如今的阿哲，準備要建立一個家。

亞伯拉罕・佛吉斯（Abraham Verghese）這位印裔美籍作家在他的《雙生石》一

書中寫下這句話：「家，不是出身之處，而是被人需要的地方。」阿哲奮力地超越他身處的環境，邁向他的想望之處，他的應許之地，他的天堂之所在。那，應該就是有人在等待他、需要他的「家」吧！

愛的禮讚
——志明的故事

在監獄裡進行求婚，真正的想法是，要用這樣的行動來向春嬌保證：這個地方，出去之後我絕對不會再進來；要用這樣的記憶來刻劃在自己身上，過去的錯誤和教訓，我永遠不會忘記。

「若你曾將一枝愛的玫瑰，貼近你的胸懷……
若你曾將你的謙卑祈禱，奉向唯一且公義的至高真主……
若你曾舉你杯，曾向生命致過一日禮讚……
你就未曾白活，未曾虛度……」

這是偉大波斯詩人兼數學家奧瑪．珈音寫的詩，我沒有辦法置予一句評論，只能被它深深的打動。

感人的日本電影或勵志的韓國偶像劇，甚至無趣的台灣八點檔不乏這樣的畫面：

男主角掏出戒指，屈膝跪下的同時，周遭四邊本是路人甲乙丙丁的男生們紛紛起立圍成一圈，拉開外衣，裡頭的T恤胸口各一大字合起來成為一個句子：「嫁給我吧。」（這是男主角人緣欠佳，動員力不足，只來了四個麻吉的版本，若是人氣王子則應該是：「親愛的寶貝，請妳嫁給我！」加標點符號至少要有十二個應援隊員）陪同女主角的必定沒那麼可愛的兩個女伴（只能兩個，不能太多，太多就變成要配對開趴了），必須立刻高聲尖叫。女主角本人呢，當然得完全不敢置信的模樣，雙手摀頰，眼眶泛淚，一時不知如何是好的處於驚喜暈震狀態。等旁邊的四（男）十二（女）或十二十二眾人齊呼「嫁給他、嫁給他、嫁……」喊到開始有點不耐、倒嗓、凍未條了，才口齒含混拖長音地（此時此刻絕對不能用斬釘截鐵、意志堅定、說一不二的語氣）擠出：「我……我……願～意～」三個字。於是，大家馬上（心裡其實終於鬆了一口氣地）歡聲雷動鼓掌稱慶，背景音樂逐漸響起（若是台製八點檔，多半要播出張清芳唱的〈今天妳要嫁給我〉）。

這樣夢幻般玫瑰色的情節，看多了日劇、韓劇、本土劇的觀眾應該眼熟能詳、毫不陌生。但是，同樣的橋段如果場景置換到監獄的會客室裡上演，背後的故事劇情大概就沒那麼容易編排杜撰，沒那麼容易臆測想像了吧。

當國小老師遇見大流氓

外役監的會客室，正式名稱叫作接見室，和一般監獄有著天壤之別。普通監獄（通稱「內監」）的接見室，是一格一格隔著強化玻璃百分之百隔音的窗口。受刑人坐定後，覆蓋在玻璃上的另一道鐵捲簾緩緩升起，面前的電話筒電源接通，開始計時，最多十五分鐘；時間一到，話機斷訊，你喂再大聲對面的親人也聽不到。鐵幕快速落下，再次將你和世界區隔開來。

外役監的會客室，座位就是麥當勞的四人座桌椅，可以面對面，可以併肩坐，可以手拉手，可以不要太過激情的擁抱一下。時間將近五十分鐘，足夠和家人親友吃完一餐飯（通常都是受刑人自己在狼吞虎嚥啦），外加喝一杯咖啡。人性百倍，溫馨千倍，讓我們感恩萬倍。

這齣外役監接見室求婚劇的男主角叫做志明，女主角……我們當然只能稱之為春嬌了。春嬌是一位漂亮溫柔、孩子們都喜歡她的國小老師，剛從學校畢業分發任教，沒什麼戀愛經驗。開國中同學會的時候和志明重逢，兩人墜入愛河。

高大帥氣很man的志明，又很溫柔、很會疼愛人。只是，他不折不扣是個黑社會幫派份子、捍衛隊成員。春嬌愛上了才知道，知道了也來不及，已經愛上了。兩個人同居生活的日子還是很幸福快樂的，一對沒有婚姻也沒有承諾的女老師和大流氓，在不知情的人眼中看來卻比大多數的情侶更登對速配；快樂幸福到志明被刑事局荷槍實彈逮捕之後，春嬌才發現自己懷孕了。

志明犯的是槍砲罪（不愧是真正混黑社會的兄弟），刑責很重，被判了十多年，單單在內監就關了五年多。春嬌獨自把孩子生下來，一個人同時教書上課，撫育小孩，還固定每個月兩次大老遠帶著會客菜，從新竹跑到雲林監獄探望志明。來回五、六個小時車程，只為了隔著強化玻璃看見、透過電話筒聽見，那十五分鐘的形影音聲，那十五分鐘屬於自己的男人。就這麼，沒見過父親的孩子都要上小學了，始終不離不棄。

外役監求婚劇如何圓滿成功？

好不容易熬到申請轉移至外役監，就算不是從煉獄到天堂，至少也很接近回到人間了。會客時終於重新牽住了春嬌的手，放假時總算讓孩子認識了自己。有一天，志明突然跟單位主管報告，他打算在春嬌下次來會客時（預計是星期六，因為外僱工的受刑人平日都在工廠上班，只有星期六可以辦理接見），正式地，好好地，跟她求婚。

搞什麼嘛，別說求婚，放假回家要結婚也沒人管你，去辦一辦就好了，為什麼偏偏要在接見的時候搞。主管不敢同意又想不出什麼理由反對，趕緊呈報戒護科長。要不然的話，一群受刑人事先約好同一時段會客，公開場合做出一致行動，萬一被視為集體預謀類似陳抗活動，當主管的說不定會被連帶處分，這責任可擔不起。

監獄的戒護科長，不管內、外監，權限都極大。所有的戒護管理人員歸他管，所有的犯人生活、行為、安全、作息、規矩、規定、規範、處分、處罰、處置歸他管。那時，八德外役監的戒護科長是一位才德兼備、有為有守的公務人員，他親自找志明問清原委之後，立即明確的指示部屬：讓他辦，而且要讓他辦得好，辦得圓滿成功。

若沒有戒護科長的支持指令，接見室裡的求婚儀式根本不可能辦得起來：事先要把戒指一枚、捧花一束放在櫃檯藏好；事先要將伴奏音樂CD放在播音設備裡設定好（不是張清芳唱的那首，是〈Love me tender〉，戒護科長選的）；事先要讓十二位應援隊同學圍繞坐在男女主角那桌的位子預排好。

怎麼可能完成這麼多的「事先」？打動戒護科長、促成他作出這一決定的，是志明為什麼要在此時此地求婚的緣由。

志明來了外役監，放了假，才檢查出春嬌的腦部長了腫瘤，惡性的。動過一次切片手術，做了放療再接著做化療，腫瘤沒有緩和的跡象。只剩下再動一次腦部切除手術一途，風險很高，醫生不肯做出有百分之幾成功機會的預測，自己上網查，類似案例安全順利的比例似乎不到一半。

春嬌不願放棄治療的可能性，決心勇敢面對；志明則是不肯背離廝守一生的承諾，決意堅定表達願求。而下次的接見室會面之後，就是春嬌動手術的日程。錯過了，志明不敢去想像，如果萬一……

未曾白活，未曾虛度！

求婚的接見日來臨，當天的劇情、場景、橋段、結局，是不是和戲劇演出一樣的鋪陳展開呢？是不是一如科長要求和眾人期待般的圓滿成功呢？

這「外役監會客室求婚記」一劇，根本不照日劇、韓劇、本土劇的套路情節下去演，演得完全地一場糊塗。一開始，Action！所有演員、龍套、場記、音效默契十足，音樂聲響起，男主角起身接過戒指捧花，在女主角身前單膝跪下，十二名活動人體大字報排成一列、圍繞一周，精準地各就定位。然後，場面就失控了。

男女主角＋其實也滿可愛的兩位女伴＋十二個刺青紋身大字應援隊員，十六個人同時爆哭了出來。哭得淅瀝嘩啦，哭得徹底忘了角色腳本，也忘了他媽的日劇、韓劇、本土劇是怎麼演的。志明春嬌抱在一起哭，兩位女伴哭著抱在一起，十二個應援兄弟分別找伴配對抱著哭。全體哭成一團，哭到劇終落幕。男女主角各自該講的那句經典台詞：「嫁給我？」「我願意！」工作人員和現場觀眾誰也沒聽見。

那麼，這場求婚大行動執行得圓滿成功嗎？你覺得呢？誰說一定要照戲劇模式演才算是圓滿成功？誰說求婚場面一定要充滿夢幻氣氛、玫瑰色彩才算是圓滿成功？

事後，我遇著志明，特別向他問起，那時候為什麼非得要在監所內向春嬌求婚不可。是對手術的結果沒有信心，迫於時間壓力嗎？

志明回答：其實不是的，那反而表示我對手術成功的希望不夠強烈，對我們一定可以白頭偕老的心願不夠篤定。要在監獄裡進行求婚，真正的想法是，要用這樣的行動來向春嬌保證：這個地方，出去之後我絕對不會再進來；要用這樣的記憶來刻劃在自己身上，過去的錯誤和教訓，我永遠不會忘記。

能夠如此坦然向志明提問，得到志明如此坦然的答覆，你應該就知道，春嬌的腦部手術，結果是不是圓滿成功了。

我將奧瑪·珈音的那段詩文抄錄下來送給了志明。這樣一場接見室內的求婚，已足以令他的生命歲月如詩中所敘的：未曾白活，未曾虛度！

冷暖哀傷

——G的故事

哀傷，讓故事有了生命。如果有人無法說出自己的哀傷，而必須透過人生的親身經歷才能感覺到哀傷，那麼，誰會知道他們的故事呢？又，我們是否可以不要有什麼故事可說，只要不必那麼哀傷就好呢？

《金權帝國》劇本構想綱要

〔主要人物〕

◎**林志文**　第一男主角，三十五歲，台大電機系畢業後赴美留學，於 Wharton school 取得ＭＢＡ學位後，旋即進入 Black Stone 集團旗下擔任避險基金經理人。在華爾街工作數年後，經獵人頭公司挖角返台，出任「富國投信」董事長兼ＣＥＯ。現階段事業目標為取得一大型金控公司實際經營權。國際政經人脈資源雄厚，特別是和美、中兩國財經高層關係密切。性格沉穩機敏、富權謀。患有憂鬱症，嚴重到必須定期就診地步。喜歡在網路上和不知名對手下圍棋，有職業三段實力。

◎**吳美玲**　第一女主角，台大法律系，康乃爾大學法學碩士（ＬＬＭ），台灣律師高考及格，亦擁有美國紐約州執業律師資格，專擅國際經濟法。在美國曾有過一段短暫婚姻，離婚後返台，現為律理國際通商法律事務所合夥律師，三十三歲單身無子。工作極為認真投入，備受肯定。內心渴望婚姻、家庭，很想趕快生孩子，但卻覺得全世界的男人都不可靠，沒安全感。是林志文台大登山社學妹，兩人曾是校園情侶關係。

◎**喬幼容** 台灣最大的商業雜誌採訪組副主任，三十一歲，超愛獨家，超想早日爬上總編位子。除了挖取財經內幕，也很會利用新聞訊息為自己投資獲利。不會為了新聞隨便和人上床是她的座右銘，亦即，若有充分的價值，上床也沒關係。單身，沒有固定男友，愛名牌的小富婆。

〈第26－27集〉：「那條『線』在哪裡？」

〔事件背景知識〕

內線交易判定標準模糊，「重大消息認定時間點」眾說紛紜。二〇〇七年英華達、明基電通，二〇〇八年茂德，二〇〇九年開發金等幾件內線交易案，司法偵辦結果不是不起訴，就是無罪；二〇一二年日月光和二〇一四年宏碁的內線交易案，則都因被告認罪獲判緩刑。但，台灣創投教父K竟因內線交易遭判九年徒刑定讞，引發企業界四大巨頭；宏碁施振榮、台達電鄭崇華、和碩童子賢、國泰金控蔡宏圖聯合聲明予以聲援。

〔故事主軸〕

林志文因涉嫌陸豐股價漲跌異常，遭到檢方以內線交易和不當影響股價等違反證交法罪名起訴，歷經多次審理程序的法庭攻防之後即將宣判。志文和辯護律師吳美玲都認為檢方舉證不足，證明犯罪事實薄弱，應該可以勝訴。但，志文心中仍然沒有十足把握，在異常緊張情緒中，喬幼容採訪本案法庭實況時發現，受命法官是她姊妹淘的老公，遂找上志文表示有門路可以安排。最後，本案判決結果，志文果然獲判無罪。

〔副線情節〕

投信業大老G董八年前遭內線交易起訴，一審判無罪，二審也無罪，發回更一審判九年。G董算是志文投信業的入門師父，對前往慰問的志文，G董透露：一審、二審沒有去「活動」都判無罪，更一審花了很多錢，竟然判重刑，台灣的司法到底怎麼回事？

上述劇情純屬虛構。

那是還在宜蘭三星監獄的時候，一位經營媒體傳播企業的朋友來看我，提到他最新的事業發展構想，覺得在 content 為王的數位匯流時代，應該要投資拍攝原創影視製作。可惜好的題材、好的劇本不容易找，尤其是他想拍的那種商戰結合政治、社會議題的類型。大概看我在牢裡閒著也是閒著，這位媒體大亨居然建議我不妨試著寫寫看。而我，居然也不假思索、不知天高地厚地應允下來。

既然承諾了，不變出一點東西實在說不過去。「創作」這個行當，可真是件老天爺賞飯吃的工作。創意和發想的繆思，實在是可遇不可求的東西。在我的心目中，撰寫政治經濟、權謀鬥爭題材腳本的世界第一高手，非亞倫．索金（Aron Sorkin）莫屬。看看他擔任編劇的《West Wing》（台譯：白宮風雲），就可明瞭其功力之高深。

我嘗試在台灣為中心的華人乃至亞太區域政經環境中，以現實發生過的十五個主題事件做為知識背景，杜撰出揉合了權力、金錢、欲望、暴力、性、背叛與煽情等材料要素的劇情。由三十個主、副軸線故事，架構出一組三十集的劇本大綱，還取了一個俗又有力的劇名《金權帝國》，交卷結案。不過，從此也沒聽說任何人有開拍的興趣。

當哀傷被放進故事，它就有了生命

劇本不受青睞，石沉大海。不料，來到八德之後，竟因緣巧合地遇上做為其中一段劇情背景知識的事件人物G先生。

要說G先生的故事之前，且讓我先引述丹麥作家凱倫·布列克森的兩句話做為楔子：「當你把哀傷放進一個故事裡，這些哀傷也就有了生命。」

一般來講，創投的營運操作模式是：投資人匯集起來的資本成為一個基金，一個fund。將這個fund交由創投業者所成立的管理顧問公司經營運用，管理顧問公司每年從基金收取固定比例的管理費用，如果投資獲利超過一定的績效還可以約定分配盈餘額度。

所以，創投公司不但要能夠精準判斷、掌握產業動向和未來趨勢，要擁有豐沛廣大的關係人脈以發掘具有潛力的優質投資標的，還要具備深厚強大的企業診斷、管理諮詢、經營輔導能力。最重要的，從事這一行業的人，誠信、值得信賴、沒有瑕疵的信用紀錄，是不可或缺的要件。在「新創」成為生產力提升最關鍵因素的現代資本市場中，創投的角色發揮了相當必要且正面的功能。

台灣的創投業，從無到有，說是G先生一手創建出來，是一點也不為過的。有一次我很好奇地問他：「管理顧問公司向基金收取的年度管理費，每家幾乎都訂為一．五％，這是誰規定的？怎麼訂出來的？」

G先生：「我訂的啊，因為創業當初覺得一％太少，二％太多，乾脆就訂為一．五％。結果，後來的人都跟著這樣訂。」

憑心而論，本土創投的發展，乃至以創投協助、推動台灣產業經濟的轉型，G先生是貢獻卓越、居功厥偉的。

官司突然間就定讞必須入獄服刑，是他順遂輝煌的一生始料未及的事。在司法制度較為先進的國家，被告於一、二審都宣判為無罪的案件，檢方是不得再行上訴的。主要理由是，就刑事攻防而言，原告檢方和被控訴的被告，在地位、資源、權力、資訊上，處於極不對等、力量懸殊的不平等地位。如果國家機關傾其龐大的偵查機器之力，將被告起訴了，卻不能說服審理判斷的法院（不管是陪審團或法官），那麼就沒有資格與權利再瞎纏爛打，一味上訴不休。

台灣可不一樣，只要最高法院不作成無罪定讞判決，一再發回更審，檢方就一再上訴，高院判多少次無罪都沒用，形成「上訴輪迴」的被告纏訟地獄。

故事，可以不那麼哀傷嗎？

晴天霹靂中面對牢獄之災的G先生，有位恩愛非常的妻子。傳喚入監執行那一天，太太陪他到地檢署。早上八、九點，公家機關才剛開始上班。兩人心想，先去辦理報到手續，再做最後的話別。

沒想到，一到櫃台驗明身分，他就被押送到地下室的牢籠關了起來，等待囚車直接發送監獄。囚車一天只有一班，傍晚五、六點下班以後湊齊當天人數才發車。銬著手銬，當他被押解著準備上車，經過樓梯間時，聽見一句聲嘶力竭的呼喚：「阿G！」是妻子在叫他。

原來，兩人都不知道進去報到之後就出不來了。太太就這麼站在樓梯間等他，站了一整天，一步也不敢離開，只為了再看他一眼，再喚一次他的名。只為了那沒能實現的，最後的道別。

進入監獄那季節，正是一年之中最酷熱的時候。受刑人的日子，熱比冷更難捱、更難受，G又本是個很怕熱的人。妻子每個星期都來探望，彼此都要強作堅定，彼此都要鼓舞對方，彼此都苦，但不說出自己的哪怕一丁點苦。

直到天氣轉涼，秋意漸起，太太說了一句話，這才讓G先生第一次哭了起來。

妻子說：「你不在以後，家裡的冷氣就沒再開過。知道你在這裡熱，我陪你熱！」

直到來了外役監，可以面對面說些心底話，第一次會面，妻子對他說的是：「阿G，我們以後可不可以不要住台灣了？」

G先生和他的妻子，有著偉大的愛情。

G先生和他的妻子，共同承負了巨大的哀傷。

哀傷，讓故事有了生命。但，如果有人無法說出自己的哀傷，而必須透過人生的親身經歷才能感覺到哀傷，那麼，誰會知道他們的故事呢？又，我們是否可以不要有什麼故事可說，只要不必那麼哀傷就好呢？

菩提次第

——阿充的故事

終於獲准假釋之後，釋放條公文送達，臨別的那一刻，本以為他會歡喜雀躍或至少有脫離苦海的如釋重負，沒想到，阿充只是平平淡淡地說：就是換一個道場修行而已。

「此身不向今生度，更向何生度此身。」

是不是該寫下阿充的故事，一度令我猶豫掙扎。這躊躇的原因，頗為複雜。

其一是，做為敘述的素材，在他身上可以汲取的元素，太豐富、太多元、太精采了，不可能在短短幾千字的篇章裡盡情完整描寫。

其二是，做為巨型企業的創建者，他的家族兄弟掌控著年營收近六千億的事業體系，幾達台灣中央政府年度總預算的半數金額。故事寫得正面，難保不被譏為舔鞋拍馬；寫得負面，則恐淪為反商仇富。

其三是，他的名聲已經無人不知無人不曉，公眾形象早就徹底全面根深蒂固地被醜化、污名化，甚至妖魔化。小小一篇故事，九牛一毛、杯水車薪，縱然是一葉真實，投入虛假無邊的樹海，豈不是徒遭淹沒而已。

就如同我曾一再強調的，監獄這種地方，像個二十四小時不熄燈的透明水族箱。身處其中的人，他的行為習慣、脾氣習氣、性格品質所投射出來的，內心的思維情緒、善惡正邪、是非直曲，是假不了、掩飾不了、欺瞞不了人的。

那麼，無人不知無人不曉的阿充其人，我在這獄中可以看得真真切切、確確實實。有別於世界上其餘一切關於他的文字描述，不管是食安油品事件發生後新聞媒體的報導控訴，或者是出於自我本位與同情者的解釋辯護，我的獄中觀察，應該得以超越主觀價值與偏見，迴避預設立場和誤解。

如果不將阿充的這段在監歷程寫下來，做為一位書寫者，豈不是既可惜又失職的一件事。於是決定：雖然阿充身上可說的故事太多了，我僅只寫下他在獄中的言行事蹟就好，全然地本諸事實就好。是以，這篇書寫，甚至將不成為一個故事，而是一段紀錄，中肯直白地記錄下這段阿充人生裡的獄中歲月。如是我聞，真實不虛。

「烏龍正義」與「心機巴結」

阿充還沒移監到八德，許多人就已經準備著等他到來。這其中，準備著逮到機會修理他、給他難看的有之，等著巴結他、看能否撈點好處的亦有之。前者的動機，大多出自一股自以為是的義憤填膺，可以用兩位戒護管理員的言論態度做為代表：

「幹！他們家都是歹人啦，沒良心啦。三十幾年前把多氯聯苯摻在油裡面，害死很多人的就是他們家。代誌爆發才落跑去大陸賺，賺這麼多了又返來台灣害人……」

（後來我才知道，早期那件多氯聯苯事件的犯罪者，剛好也是彰化的油品廠商，但和阿充家族企業一點關係也沒有。這完全是張冠李戴的烏龍。）

「伊娘咧，已經那麼好額了，還用地溝油、垃圾油回收漂白乎人呷，賺這種黑心錢，實在有夠惡質ㄟ……」

（後來我才知道，油品事件檢調發動偵辦隔天，報紙以頭版頭條刊出一張噁心骯髒的廢油地下工廠照片做為證據。等到偵查終結，檢方證物之中卻根本沒有這麼一張照片。這完全是移花接木的栽贓。）

烏龍也好，栽贓也罷，這些指控也好，這種鄙夷也罷，入獄的阿充，即便屈辱漫天，只能概括承受，無從辯解。

至於那等著巴結他的後者，則是做著傍上這麼大的大款自己必能發財的美夢，也有一個例證能夠做為典型：

出身三重的一個老角頭，綽號人稱「大帥」，平時就常吹噓著自己地方關係有多好，人脈交際有多廣。阿充來了之後，姿態一百八十度地變得對這位他心目中天王等級的大款卑躬屈膝、恭順備至。與人為善的阿充心平氣和的以禮相待，讓大師頓時自我感覺備受青睞，人生前途一片光明希望。

阿充第一次放返家探視假，監獄門口大批媒體聞風而至，擠成一團包圍採訪。這大師自告奮勇又是擋鏡頭，又是撥麥克風，力求表現得護主心切。第二天，報紙登載的照片中，大師的畫面占了一半。從此，三重地方的角頭兄弟間就流傳著大師的保證：「妥當啊啦，我大師要做啥攏有董仔在挺，以後大家來跟我，免驚嘸吃香喝辣。你看，董仔甲我多麻吉，連報紙嘛有刊，你看你看……」

阿充是個好好先生，但絕非腦筋渾沌的笨蛋。別人的逢迎也好，利用也罷，難道不是另一種形式的恥辱。這樣的恥辱，他不會不明白。但是，也只能淡然以對，力求心無罣礙。

變數中考驗智慧，艱難中激發韌力

一開始，我和阿充之間，毫無交集，毫無互動，只是覺得他有點奇怪。奇怪的是，和黑心商人應有的惡行惡狀截然不同，也和企業鉅子多數的財大氣粗幡然有別。

大概是位虔誠的佛教徒吧。他茹素，和幾位也是吃素的同學一起坐在最角落的素食桌，極簡的飲食需求，所以從不曾帶進什麼豪華料理會客菜。

休息時間，就是一個人靜靜地看書、讀經、寫書法。看的書，多是修行勵志的箴言法語。讀的經，全是佛陀上師的原典教義；寫的書法，是一手凝鍊沉穩、遒勁內斂的隸書字體。有點奇怪的是，按照獄方規定，每次會面家人可以送進三本書，一星期接見兩次最高額度就是六本。他怎麼每星期的六本額度送進來的都是同一套上下二冊精裝大開本的《證嚴法師講述無量義經》，每個星期三套，不停地送進來。同一部經，要讀幾套才夠啊？後來才知道，這些經書，他是請進來送人的，送給那些有心有緣也願意讀經的受刑人。

也有點奇怪的是，寫書法，寫在大張的宣紙上，多寫多練字可以理解。怎麼除了大字條幅，還用小張卡片寫了一堆小楷隸書在幹嘛？後來才知道，紙卡上的隸書是寫來送人的，送給那些應該提醒提示的受刑人。上頭的文句，有法語，有期勉，也有叮嚀，比如：

「天道酬勤，輕財聚人，厚德載物，德行天下。」

「時時身輕心安，日日健康平安。」

「分秒不空過，步步踏實做。」

「在變數中考驗智慧，在艱難中激發韌力。」

或許這些話語，既是他生命的體會，也是他行事的準則吧。要不然，像他有著這種身家財富、身分背景的人，身處獄中遭逢橫逆，怎麼不是憤世恨俗、怨天尤人，反而能夠每天中午不論寒暑都安然盤坐在自己的床位上正定禪修呢？

另一件有點奇怪的是，阿充來沒多久，不曉得怎麼搞的左手就受傷了。骨折脫臼，必須整天用三角巾綁著固定住。後來才知道，一個六十多歲的老人家，自己爬上去清洗窗戶摔傷了。要了解，監獄舍房是沒有普通窗戶讓你看風景的，只有接近天花板高度的氣窗通風用，根本沒人去注意或要求其清潔度。只有阿充覺得髒，看不過去，就主動清洗起來。別說自己是大老闆，就算是個年紀大些的一般人，這種事叫年輕人做就好了，幹嘛親力親為，還爬那麼高？

還有一些奇怪的事。有一天晚上天氣很冷，大家都早早上床躲在被窩裡了。我在洗手間刷牙，看到阿充怎麼一個人在外面晃來晃去。原來，他在等我離開之後檢查水龍頭、關燈。後來才知道，每天晚上，餐廳、文康室、浴室、廁所，所有公共區域的燈，都是他在關的。難怪每次看他洗手，洗的時間都要稍微久一點。原來，水龍頭流出的水柱不能比一根筷子粗，不然就是浪費，他這麼嚴格力行要求自己。

天啊，都這麼有錢了，還這麼省幹嘛？何況，省的還是公家的水電，浪費的不是你的錢。其實，正因如此，才彰顯了吝嗇苛刻和惜物惜福，在實踐上本質的不同。

在實踐中貫徹理念

阿充的有點奇怪，慢慢地，聽到更多他在農作組的做人處世，就一點也不奇怪了。本來大家都以為他會去園藝組，種苗圃、養蘭花、照顧景觀植物，體力負荷比較沒那麼大。不知道是自願還是獄方刻意安排，他竟然被分發到農作組，那是工作最辛苦的單位。

誰也沒想到，阿充活脫就是個樂天知命且經驗豐富的老農。從鋤地翻土、栽種除蟲到控制日照、施肥給水，統統一手包辦。還不斷地改善耕種品項，改良栽種品種，提高收成收益。甚至，要從無毒施作邁向有機標準。到了農作組沒多久，整個人就被曬得全身漆黑，脫了一層皮。

只可惜，稍微休息一下吃顆芭樂被狗仔隊偷拍上了報，從此所有人都以為他在八德坐爽監。農作的菜園才幾分地，種出來的蔬菜一個月也賣不了幾萬元，賺的錢能分到的更少得可憐，他家大業大，還這麼認真幹嘛？不外乎凡事親力親為成了習慣，也就沒有身段，更不計較勞苦了。

農作組的同學，有好幾位家境清寒、經濟拮据。阿充不是那種同情心發作，看到人窮，給錢就好了的那種人。他會很有耐心的傾聽對方的問題和困境，理解對方的能力和條件，討論對方的發展和期待，才一一地為對方構思出具體完整可行的協助方案。他的主張是，幫助一個人自立自主，培養出生活生存的技能，支持的就不是一時而是一生，不是一個人而是一個家庭。

一位擁有農經碩士學位的同學，阿充就幫他規劃未來如何透過無人機進行精準農業，做為再就業的方向；一位在伙房炒菜、很想從事餐飲業的同學，阿充就安排他去跟隨吳寶春的師父學做頂級創意麵包；一位很會畫畫、台科大景觀設計系畢業的同學，阿充就鼓勵他學習社區營造規劃的必備知識，為將來從事地方創生的工作打好基礎；一位同學的兒子突然大學不唸了，說要騎自行車，阿充把這個父親罵一頓，說他不負責任，然後指導他教孩子做出以成為國際車手為目標的訓練計畫，並且提供全額的訓練經費。

後來才知道，中南部的契作農產品：檸檬、地瓜、美生菜，他簽約了幾百甲，出口外銷，就是為了幫台灣的農民找到出路；以非營利機構成立的「將才學堂」烘焙班，每年舉辦創意麵包大賽，提供獎學金和就業機會，就是為了幫失學中輟的青少年培養一技之長。

彰化永靖阿充的故鄉，將各村里的地區發展協會整合為一股通力合作的力量，每年數以百萬、千萬計的捐贈資源掖助，就是為了推動地方產業再生與文化景觀再造，以此回饋故鄉；至於「拔尖計畫」：從小學開始培育運動天分、秉賦優異的孩子追尋實現夢想，已經有好幾個準備送到日本進軍職棒了。阿充對這些清貧年輕人未來職涯的關注，和他自己所投入的公益志業，在理念上一以貫之，在實踐中相輔相成。

六波羅蜜的修行道場

上述只是他從事公共奉獻行動的一小部分。公益，做為阿充的人生志業，早已經默默付出了好多年。不是出了事才做給人看，不是吃上官司了才來行善事裝好人。如果受刑人同學裡有很會打棒球的年輕人，阿充應該會要他好好充實經營企劃專業，看能不能以後參與味全龍的球團運營吧，我想。

就這樣，在一年多近距離的相處下，逐漸理解阿充的其人其心、所做所為。從奇怪質疑的刻板印象到歷歷分明的本來面目，我仍然沒有辦法清楚的去識別定位出他的人格特質和價值意義。一直到那一天，才豁然開朗，恍然大悟。

那是阿充第二次申請假釋被以莫名其妙的「社會觀感不佳」理由駁回的時候。我問他，既然還要多關三個月，有沒有想好利用這段時間做些什麼？本以為會得到如何為自己、為家庭、為事業之類的答案，沒想到他竟然告訴我：想做的是，怎麼改進監獄裡的教化課程內容，怎麼引導環保志工組織的師資資源，提供給受刑人參與學習，從愛護地球、愛惜資源，轉而愛護眾生、愛惜自己。

剎那之間，浮現我心頭的，是佛陀所教誨的核心要義那十二個字，六波羅蜜：忍辱、持戒、佈施、精進、禪定、智慧。

對於外界旁人所施加屈辱的承耐，是阿充的忍辱；對於自我行為的節律，自我要求的秉行，是阿充的持戒；對於那些需要幫忙的人無所求的協助，給經書、給法語、給未來方向，是阿充的佈施；對於信仰的堅定持守，信念的身體力行，是阿充的精進；對於心性清明的維護，心緒衡平的維持，心思正念的維繫，是阿充的禪定；對於生命意義的追求與探尋，價值理想的發現與實現，是阿充的智慧。

在這監獄高牆之內，我所看到的阿充不正是充分體現這十二個字的修行者嗎？前五項波羅蜜，我在這期間都印證了，確信無誤。最後一項波羅蜜：智慧，直到阿充在此的最後一天，我才有所體會。

終於獲准假釋之後，釋放條公文送達，臨別的那一刻，和阿充道別之際。本以為他會歡喜雀躍或至少有脫離苦海的如釋重負，沒想到，阿充只是平平淡淡地說：就是換一個道場修行而已。然後，留贈給我這兩句話：「此身不向今生度，更向何生度此身。」

原來，這就是阿充的智慧。如是我聞，真實不虛。

風雨別離

——他們的故事

為什麼希臘神話中的司法正義女神泰利斯，在一手執著天平象徵公平，一手高舉寶劍彰顯正義的同時，她的雙眼是用絲帕矇覆起來的？在審酌、判斷、量刑、執法的每一階段，她都不能知道那個人是誰。因為，是誰都一樣。

「告訴你，我的孩子，在你一生中，有許多事值得爭取，但，自由無疑是最重要的。永遠不要戴著腳鐐，過奴隸的生活。」——威廉．華勒斯。

八德外役監，是台灣第一所都會區（位於住商工業區附近，緊鄰馬路邊就是民家商店），外僱型（生產勞動搭車分赴各工廠場區作業，沒有廣大的自營農場），大樓式（普通監獄都是一二樓平頂舍房，八德是一棟樓高七層的建築）的外役監獄。

勞務再吃重，仍甘願加珍惜

「外役監」，矯正機關自己翻譯的英文名稱是minimum security prison，最低戒護監獄。但，實際上（至少在八德），security是一點也不minimum的。除了依外役監條例的規定，受刑人在此可以返家探視放假，會客接見能夠與家屬面對面時間較長，加上積分夠了、每月一次得以和親人同住之外，在一般的生活管理、戒護規定、行為要求上，它還是一座不折不扣的監獄，仍然執行落實得非常嚴謹嚴格。

就以最基本的點名來說好了，一天要點幾次？起床、早餐、上午出工、午餐、下午出工、晚餐、睡前，七次，比內監還頻繁。至於一般監獄各種奇怪或不奇怪的規定，在這裡大多統統類推適用：嚴格管制對外通信，信件一律檢查；使用手機被逮到是觸犯天條，保證遣送回內監；送進來的食物必須支離破碎，不可維持完形；香菸、藥品不得私自保管，放櫃子也不行；睡覺時衣物不許掛在床頭……哩哩叩叩，細如牛毛的警戒紅線一大堆，稍一不慎踩到了，就是隔離調查，辦違規懲戒。所以，就算是外役監，這裡的違規隔離房很少閒置空著，三不五時，幾乎隨時都有人被禁閉在裡面（有好幾個是和工廠女員工談戀愛被懲處的，不知道這樣的行為觸犯哪一條規定）。

至於勞動作業，八德外役監的工作強度份量，比之內監絕對猶有過之，完而勝之。大部分的受刑人是外僱工，會僱用犯人來做事的工廠，膝蓋想也知道，是很難聘任到本勞，甚至外勞也待不住的那種環境條件——髒、重、危險是共同特點。比如：汙染廢棄物像回收日光燈管再處理的，算不算一般人不願接觸的髒；製造門窗的鋁錠一塊七十公斤，不斷地搬抬八小時，算不算一般人難以負荷的重；巨型鋼構吊車上掛的鋼樑結構，掉下來砸到不死也只剩半條命，算不算一般人避之唯恐不及的危險。

聘雇受刑人，工廠僱主只要支付基本工資，絕對不敢落跑，不敢罷工怠工，不敢偷懶頂嘴，我們一定會乖乖聽話、循規蹈矩、賣力工作，因為這樣的機會得來不易。

每天下班，鋼構廠的外僱工鼻孔都是黑的，一挖，全是鋼屑鐵粉，戴口罩一點屁用也沒有；工傷意外是家常便飯，包鋼頭的工作靴被鋼柱鋁塊砸爛凹陷，腳卡在裡面骨折了，拔出來，包一包，繼續做工，沒事的；去豆類製品加工廠作業的人，則是做了一天就噁心到發誓這輩子絕對不吃豆乾、豆皮、豆雞。即便如此，大家都還是很甘願、很珍惜；覺得平平在關，自己已經很幸運了。

非「爽監」！只是離家比較近

外僱工辛苦，那麼留在監內作業的所謂內僱工就輕鬆嗎？絕不盡然。內僱人數最多的三大組：園藝、農作、清潔，前二者要風吹日曬雨淋，人人皮膚黧黑，手腳龜裂。園藝養出來的蘭花、珍菇，農作種出來的韭菜、芥藍，都是要賣錢自創營收的。產量不達標、績效不足額可不行，你敢偷懶？至於清潔，日復一日的清水溝、掃廁所，誰志願去？

經常，媒體報導到某名人在八德服刑，就會下「坐爽監」這樣的標題。每次這裡的同學看到，都會氣憤難當地幹譙咒罵：「幹！爽監，哪裡爽，叫這些記者編輯進來關關看，就知道爽不爽了！」當初籌設創立八德外役監的那位矯正署高層官員說得好：「八德不是爽監，它只是一個離家比較近的監獄。」

離家近，離社會近，離脫卻囚服、卸除犯人身分印記重新更生的可能性就近了。受刑人的去處，終究是要回歸社會，回返家庭。刑訓教化的目的，倘若是要能融入群體，步上正軌，那麼外役監的功能，較之只是隔絕懲罰的內監，不言可喻。

既然外役監這麼好，為什麼不大家都來？沒那麼容易，門檻條件滿高的：毒品犯，或曾有任何吸食勒戒紀錄的，不能來（來了可能跑出去又吸毒，或者夾帶私藏毒品入監），這就刷掉全國犯人近七成比例了；性侵、家暴案件的加害人，不能來（來了可能再度威脅傷害到受害者，要加強輔導），這樣能申請的大概只剩一、二成。再加上組織犯罪的、幫派分子遭列管的、曾有脫逃潛逃行為的，還有累犯再犯的，統統不能來（來了可能又和幫派掛勾，或是再次逃亡）。

於是，只有初犯、未曾有違規紀錄、表現良好、身體健康的才能申請。符合條件資格的，就寥寥無幾了。而且，刑期短的要在內監觀察等待好幾個月，刑期長的必須待上至少二、三年，才能夠提出申請。倘若獲准，真是祖上積德，不幸中的大幸。在這樣的嚴格標準篩選下，八德外役監的同學不乖也得乖了。

自從成立之後，每個月放假出去那麼多人，有沒有人就此落跑不回來的？沒有，一個人也沒有，一次也沒有，甚至連返監時遲到的也幾乎沒有（我只聽說過兩次，都遲到在五分鐘之內）。

外役監的設立目的與合理性考量

二〇一六年初成立的八德外役監，至二〇一九年初已滿三年。收容人數編制約三百五十人，從〇〇一開始編號，最近剛來的是九百多號。有一次，和兒子聊起這裡的人來來去去，什麼樣的人都有，台大畢業的就有三個：一個財金系，相信詐欺犯會給他百億投資操盤的創投專家；一個電機系，運用我聽不懂的物理原理發明了我聽不懂的加熱設備取得專利，成功讓公司上市卻因股權糾紛被控侵占背信的科技人才；還有一個法律系，被媒體冠上「吸奶法官」稱號的高院庭長，有三個老婆，時常在會客時「衝堂」，不知道要見哪一個而傷腦筋的司法人員。兒子一聽驚呼：

「哇，若再有一個醫學系的，那四大類組的第一志願就都到齊了耶！」

有沒有台大醫科的，讓我想想。沒有，不過專科醫生倒是有三個：一個腎臟專家；一個胸腔外科；一個肝膽腸胃名醫，據說是胰臟方面的權威。司法人員部分，廣義的包括警察、監所管理員，多不勝數。前者從基層警員、巡佐到巡官、派出所所長、隊長、副局長，應有盡有。後者也是絡繹不絕，不知道他們坐牢的適應能力會不會比較好，還是反而更心酸難過。高階司法人員，檢察官有兩位，法官就只有台大法律這個。

這位法官涉及的犯罪案件新聞鬧得很大，因為財產來源不明罪判刑二年定讞先進來執行，其他更重的貪污罪還在上訴審理中，尚未確定。他來八德，待不到一年就假釋，新聞鬧得同樣大。

一位立院司法委員會的委員拿他的案例重砲抨擊：法官貪污很難逮到，為什麼輕易把他放掉？判刑二年為什麼坐牢不到一年就可以假釋？委員緊咬本案不放，社會大眾媒體輿論也覺得很有道理，行政機關承受巨大壓力，倒楣的是八德外役監，甚至全國監所的受刑人。法務部、矯正署開始嚴審假釋，緊縮核准比例，大幅提高服刑執行比率標準。霎時，監獄內哀鴻遍野，人人欲哭無淚，監所的收容人數超額比例迅速攀升。問題是，立委對此一個案的指控，是不是真的有道理。

現行外役監條例有一項「縮刑」的規定，依照受刑人累進處遇等級的不同，從最低的四級到最高的一級，每服刑一個月，刑期就分別可以減少四、八、十二、十六天。舉例來說，判刑四年六個月，前半年在內監，轉到外役監開始起算縮刑，可以抵減大約一百八十天刑期。所以，總共執行二年左右就能申請假釋，因為刑期縮短後已達二分之一，過半了。這就是那位法官為什麼判二年徒刑，關不到一年的原因。

外役監條例是立法院制定通過的法律，縮刑的制度合不合理，有沒有意義、效果，可以討論辯證。如果要廢除、修改，也是立法委員的權力責任。行政機關依法行政去執行規定，難道有錯嗎？

立委的第二項批判是：法官貪污很難抓，怎麼可以隨便放？這位法官申請假釋的當時，他是因財產來源不明遭判刑的，不是貪污罪的受刑人，那些案件還在審理中。那麼我們要問，在這種情況下（案件尚未確定前），這位法官適不適用刑事法中最重要、最基本的那一條「無罪推定原則」呢？如果未定讞前的犯罪暫時須推定行為人無罪，那麼，他申請假釋和貪污被告的身分，不是不應該混為一談嗎？

不知道是立委的究責壓力，還是擔心這位法官假釋後棄保潛逃，最高法院以超快效率速審速決，出獄才一個月，他的貪污罪就定讞了。判刑十五年，要再從一般監獄重新關起，不能再回外役監。他沒有逃亡，只在收到檢察署執行通知時喃喃自語：怎麼這麼快……

立委指責司法官犯罪不能縱放，直接受到影響的就是另外那兩位檢察官。他們的假釋申請，一再地被駁回。一個被駁了四次，另一個被駁了三次，都還在服刑中，不知道要被駁到什麼時候。

唯有再見，才是人生！

我完全無意為這些司法官的犯行辯護，也不願意去評論他們的行為、案件和罪刑、懲罰是不是相當，更沒有和任何個人有好惡親疏的區別或關係。只想在此提出一點質疑：為什麼希臘神話中的司法正義女神泰利斯，在一手執著天平象徵公平，一手高舉寶劍彰顯正義的同時，她的雙眼是用絲帕矇覆起來的？在審酌、判斷、量刑、執法的每一階段，她都不能知道那個人是誰。因為，是誰都一樣，是流氓、黑社會或法官、檢察官，都一樣。「法律之前，人人平等」這一原則，比無罪推定更基本、更重要。但是，我們的司法體制、行政機關、立法部門，奉行了多少？又背棄了多少呢？

那位被駁了四次的檢察官，他不敢寄信回家，太太會生氣，會罵他：怕蓋著監獄戳章的信封，郵差送到大樓管理處分發，鄰居們就知道他家有人在坐牢了。甚至，他女兒交往多年論及婚嫁的男友，包括對方家屬，都不敢讓他們知道爸爸是犯人。為了隱瞞到底，婚期也一延再延，最後訂在他第三次申報假釋之後，想說按正常慣例應該沒問題，結果根本無法出席，錯過了女兒婚禮，也讓岳父是受刑人的事曝了光。

這位檢察官的女兒女婿乃至親家，是否能夠包容、接納他曾經的過往和現下身分的事實，我不得而知。

另一件純然悲傷、更令人難過的事情，發生在那位胰臟權威的肝膽腸胃科醫生上——他的兒子，在他坐牢之後，政大讀到大四了，在學校跳樓身亡。不知道也不可能去試圖理解或臆測，孩子的遭遇和他的事情，兩者之間有沒有任何關聯，唯一非常確定的一個事實是，在八德同住一舍房的這段漫長時期裡，我從來沒有看到這位醫生笑過，一次也沒有過。

威廉·泰勒斯那段告訴孩子的話語，應該只有失去過自由的人們發自內心才講得出來吧！離開監獄的人，包括外役監，在臨別之際，不說再見。想要再見的，是我們的親人。可以說出再見二字的，只有對著我們所愛的人。

回首獄中的種種，我想起的是太宰治在他的《津輕》這部私小說中所寫下的：

花發多風雨，人生多別離。
唯有再見，才是人生。
相逢的喜悅轉瞬即逝，離別的傷心黯然銷魂，
因此，我們的一生都得活在告別之中。

後記

一份跨越高牆的告解——這是一個什麼樣的地方？

面對漫長得似乎永無盡頭的牢獄禁錮，做為一介平凡之人，如何轉化自己的生存樣態呢？維克多．弗蘭克（Victor E.Frankl），歷經納粹集中營劫後餘生，開創維也納第三心理學派的一代大師，將之總結為三個階段過程：

一、**報到驚嚇期**：妄想赦免症狀↓將以往生命一筆勾銷↓苦中作樂↓退縮、觀察、等待↓適應。（人是否真能適應這地方的一切？是的，但別問是如何適應的！）

二、**相對麻木期**：不知不覺地，緩緩地扼殺自我內在↓內心對不公不義的憤怒產生心靈真正的痛↓努力活著，注意力全部集中到生存↓心靈降低到原始、野蠻層次，退化、夢魘↓從外在世界退縮至精神國度以忍受煎熬。

三、**真諦體悟期**：想像力完全縈繞所愛的人↓藉著凝視冥想存在心靈中的摯愛影像來實現自我↓愛，並非針對一個人的實體存在，而是針對摯愛者的精神本質↓世界竟然可以如此美麗！

倘若得以穿越這樣的歷程，我們或許將發現：這世上沒有任何幸福，足以彌補我們承受過的一切苦難。支撐我們活下去，讓我們的犧牲、痛苦和折磨有意義的，並不是幸福。因為，通過苦難之後，除了對心中的神之外，我們再也不必懷有恐懼。於是，受苦即是成就。生命的整體意義，不只是「活的」生命，也要詢問苦難與死亡的意義。痛苦，反而成為一種使命。——這位心理學大師如此為監牢歷程乃至生命意義作出結論。

是這樣子嗎？我做得到嗎？在牢獄中，抱持著質疑、期許和展望，我持續地去體會、感受、理解：「這是一個什麼樣的地方？」「存在於這樣的地方，人，會變成怎麼樣的人？」

這是一個，所有的路，都在牆後面，的地方。
這是一個，永遠是酷夏，也永遠是寒冬，的地方。
這是一個，人何寥落鬼何多，的地方。

在這裡，之所以會成為我們人生中最悲傷的一幕，是因，我們必須在此長大，並且再也無法回頭。

我已甚至，沒有資格說著像威廉・華勒斯的這番話：「告訴你，我的孩子。在你的一生中，有許多事值得爭取。但，自由無疑是最重要的。永遠不要戴著腳鐐，過奴隸的生活。」

曾經手銬腳鐐，已然失卻自由的我，有什麼立場對自己的孩子如此的提醒呢？我只能卑微的希望，即使無法一起生活，和所愛的人，至少，要能一起活下去。還好，這是兩件截然不同的事情。雖然，活著是很辛苦的。

太宰治形容得真好：「處處纏繞鎖鍊，稍微一動，就有血噴出。」

漸漸地，我知道了，
有些事物，只有置身在黑暗的世界當中，才能看清它原來的樣貌。
漸漸地，我明白了，
痛苦或許會提醒我們還活著，愛，則讓我們了解，活著的意義。
漸漸地，我認識了，
地獄是我們相信且生活在其中的事實，但不是真實。

和所愛的人，不管我們對死亡和地獄的想法是什麼，那都不會是分離。

說不定，一位美好的人，是那些承受挫折、苦難、掙扎、失去，而從深陷其中找到出路的人。這樣的人，還能對人生有一份欣賞、幾分敏銳、與一層理解，使我們滿懷慈悲、溫柔與至深至愛的關懷。——在這樣的地方，我如此期許：美好的人，不是憑空而來的。

然而，事情沒有這麼容易，現實畢竟還是殘酷。

處在這個地方，什麼事都必須克服，連寬容也不例外。共存，在這裡也能成為一種原諒。我們不用去學習接受自己痛惡的事物，反正到最後，就是能與之共存。

那正是為什麼，有人命令我們脫光衣褲，我們就乖乖順從。

那正是為什麼，即使是一個侵犯兒童的人，我們也能若無其事地和他用餐。

那正是為什麼，偶爾在某些夜晚，我們哭著哭著就睡著了。

先做到讓自己活著，努力去活，是一切的開始。

在這個地方，很令人懷念的東西，叫做選擇。如今，我沒有選擇的原因，是因為過去的自己，做了一個錯誤的選擇嗎？——我往往如此自問。同時，在隔絕放逐狀態中，迅速地被外面的世界遠棄疏離。

幸好，我不太需要刻意去了解外面發生的事。因為，當仍然有人愛著我的時候，任何事情都發生在自己的心靈之中。處在寂靜中，就聽著寂靜。遇見怒濤來，就順著怒濤。絕不讓自己掉入名為「虛無」的魔物手中，無論處境多麼嚴苛，內心的生命之火也不可熄滅，始終抱持著希望。這，是在無從選擇的這個地方，我至少還能夠做出的選擇。

「攀越一座高山後，還有更多山脈等著。
許多人必須一再地行經死蔭幽谷，
才能抵達心中自由的山巔。」

坐了二十五年黑牢的曼德拉如是說。然而，「容不下犯錯自由的自由，不值得擁有。」另一位也有著豐富牢獄資歷的甘地這麼主張。從沒坐過牢的盧梭則指出：「人生而自由，但卻處處都在枷鎖之中。」可見他的生命經歷，感受上可能和坐牢差不多。但，如果真的待過牢房，或許這位天才思想家就不至於這麼說了。

在這個地方，我深切覺得，做一個自由的人，和認識自己是誰，兩者一樣的困難。其實，不認識真正的自己，就沒有自由可言。行經多少高山幽谷，沒有用；犯過多少悔恨過錯，沒有用。這裡，是一個比較能夠讓自己認識自己的地方。做不到這一點，放出去了，也得不到自由，一樣處在枷鎖中。因為在這裡，是一種最能夠模擬、接近「預習死亡」的地方。學會了死亡的人，也就忘記了做奴隸，能夠超越於一切世俗力量之外。於是，牢房、獄吏、法庭、手銬腳鐐，也就不算什麼了。束縛我們的鍊銬其實只有一副，那，就是對生的貪戀。

「預習死亡，就是要人去預習自由。」西元世紀初的羅馬斯多噶派哲人賽涅卡說的這句話如果成立，那麼，監獄豈不是自由最好的練習場所？——我在這裡，認真地去認識自己到底是誰。

認識，是不是就能造成改變？宇宙世界、外在環境，會因為自我的認識而改變嗎？我不知道。至少，相當程度的時間內，監牢還是監牢，煉獄還是煉獄。

煉獄是什麼？就是：情緒、哀痛、傷悲，都沒有任何出路的地方。於是，我只能面無表情，無語。越是認識自己，我越是不相信村上春樹所形容的：「他被流放到世界的盡頭，並以自己的力量轉回來。回來時，他已經不是以前的他了，他已邁向下一個階段。」這種情況，應該不會發生在我身上。因為，「自己的力量」根本沒那麼巨大，也沒那麼可靠。

在不見人影的地方，除了自己，人究竟會與誰對峙呢？這就是信仰的開端吧！

這個時候，是否就好像魯米的詩：「你心中有燈燭，正準備被點燃；你心中有虛空，正準備被填滿。」

這個時候，是否就好像馬丁路德．金恩的話：「等到四周夠黑暗了，你就能看到星星。」

在認識到自己的卑微、渺小與不足的這個時候，我不禁要低頭合十祈問：是否，有著一個無以明之、永恆超越且至高無上的存在。否則，誰來點燃燈燭？誰來填滿虛空？誰來綻放星光？誰來賦予自己轉回來的力量呢？

不幸地，信仰，總是這個地方最不被持守追求的東西。這一現象，托爾斯泰描述得最為淋漓盡致。他先引用梭羅的控訴：「在不公正地把人監禁起來的政府下，一個正直的人真正的出路就是監獄。」然後才訴說起監牢與信仰的衝突矛盾：

——這裡所依的一切正是最嚴重的褻瀆，以基督名義所做的一切正是對基督本人的嘲弄。

——一個人受到這樣的待遇，不可能不受到傷害。一個人原來相信上帝和人，相信大家都應相親相愛。但在經歷這一切以後，就會喪失這種信念。從此不再相信人，心腸也變硬了。

——凡在監獄裡待過的人，通過切身的體會，都會深深懂得，教會和道德大師所宣揚的尊重人和憐憫人的道德，在實際生活中都已被揚棄，因此無須遵循。

揭露信仰在監牢中失落的這位俄國文豪，最終還是在信仰中找到答案，原來就是基督對彼得說的那段話：「要永遠寬恕所有人，要無數次地寬恕人。」因為世界上沒有一個無罪的人可以懲罰或糾正別人。

幸好，來到這個地方，我始終沒有怨天尤人的憤恨，以及對於體制、正義扭曲的敵視，只是將自己的遭遇視之為一種命運有意無意的安排，一個生命中必須面對的課題。就像希臘神話中薛西弗斯所說的：「這塊石頭是我的命運，我的使命。」他的石頭，只屬於他自己；我的命運，也只能屬於我自己。雖然，人類的尊嚴經常來自於反叛的姿態，通過意識到命運的荒謬性，等同於發現本身的自由。我並不認同卡繆的觀點：「沒有任何的命運是不能用鄙視加以超越的。」相反地，比較想要能和命運成為朋友——至少應該先接受它，我們才有可能和自己的命運建立友誼吧！

接受命運，不代表時間久了，做為囚犯也能自在起來。
接受命運，不等於總有一天，做為囚犯會變成和牆壁融為一體。
接受命運，不表示從此之後，做為囚犯最像動物的表情，就是令人絕望的笑。
從努力活著，以發現愛的生命意義；
從預習死亡，以探索自由的存在與界限；
從認識自己，以證實個人的微弱並學習與命運安然共處。

是不是，像這樣子從靈魂深處復甦而產生出了最單純的東西，我們因此而能皈依成為信仰呢？

在這樣的地方，我曾不停地叩問：對於我曾經做出的過錯，誰能夠赦免我？對於我不曾犯下的罪責，誰可以平反我？如今我很確定，只有神能夠，只有神可以。只是不曉得，什麼時候，自己才會認識神？或是，要怎麼做，神才會來認識我？

人的絕境，正是神的契機嗎？

人越迷失，越是神所要救贖的對象嗎？

這答案，終究只有神才會知道吧！

國家圖書館出版品預行編目（CIP）資料

我們曾經這樣活著：三星八德監獄物語 / 藤原進三著. -- 初版. --
臺北市：商周出版：家庭傳媒城邦分公司發行, 民109.1
296面；14.8×21公分. -- (People ; 34)
ISBN 978-986-477-716-7 (平裝)

863.55　　　　108013308

People 34
我們曾經這樣活著：三星八德監獄物語

作　　者 / 藤原進三
責任編輯 / 何若文
特約編輯 / 連秋香
版　　權 / 黃淑敏、翁靜如、邱珮芸
行銷業務 / 莊英傑、黃崇華、周佑潔

總 編 輯 / 何宜珍
總 經 理 / 彭之琬
事業群總經理 / 黃淑貞
發 行 人 / 何飛鵬
法律顧問 / 元禾法律事務所　王子文律師
出　　版 / 商周出版
臺北市中山區民生東路二段141號9樓
電話：(02) 2500-7008　傳眞：(02) 2500-7759
E-mail：bwp.service@cite.com.tw
Blog：http://bwp25007008.pixnet.net./blog
發　　行 / 英屬蓋曼群島商家庭傳媒股份有限公司城邦分公司
臺北市中山區民生東路二段141號2樓
書虫客服專線：(02)2500-7718、(02) 2500-7719
服務時間：週一至週五上午09:30-12:00；下午13:30-17:00
24小時傳眞專線：(02) 2500-1990；(02) 2500-1991
劃撥帳號：19863813　戶名：書虫股份有限公司
讀者服務信箱：service@readingclub.com.tw
城邦讀書花園：www.cite.com.tw
香港發行所 / 城邦(香港)出版集團有限公司
香港灣仔駱克道193號超商業中心1樓
電話：(852) 25086231傳眞：(852) 25789337
E-mailL：hkcite@biznetvigator.com
馬新發行所 / 城邦(馬新)出版集團
41, Jalan Radin Anum, Bandar Baru Sri Petaling,
57000 Kuala Lumpur, Malaysia.
電話：(603)90578822　傳眞：(603)90576622
E-mail：cite@cite.com.my

封面設計 / Copy　內頁設計&編排 / 蔡惠如
印　　刷 / 卡樂彩色製版印刷有限公司
經 銷 商 / 聯合發行股份有限公司
電話：(02)2668-9005　傳眞：(02)2668-9790

2020年（民109）1月30日初版
2022年（民111）8月12日初版4刷
定價350元　Printed in Taiwan

ISBN 978-986-477-716-7